AQUELLOS DÍAS

SUE ZURITA

AQUELLOS DÍAS

Grijalbo

El papel utilizado para la impresión de este libro ha sido fabricado a partir de madera
procedente de bosques y plantaciones gestionadas con los más altos estándares ambientales,
garantizando una explotación de los recursos sostenible con el medio ambiente y beneficiosa para las personas.

Aquellos días

Primera edición en Penguin Random House: septiembre, 2023

D. R. © 2023, Sue Zurita

D. R. © 2023, derechos de edición mundiales en lengua castellana:
Penguin Random House Grupo Editorial, S. A. de C. V.
Blvd. Miguel de Cervantes Saavedra núm. 301, 1er piso,
colonia Granada, alcaldía Miguel Hidalgo, C. P. 11520,
Ciudad de México

penguinlibros.com

ISBN: 978-607-383-455-1

Impreso en México – *Printed in Mexico*

Con todo mi amor a mis hermanos
Cynthia del Carmen, José Andrés, Pía y Édgar Iván,
por hacer de mi infancia una aventura inolvidable.

Yo siempre he sido más hoja que raíz,
pero sigo siendo parte del mismo árbol.

1

Desde que su padre falleció, la Nochebuena de 1981, Abigail tenía con frecuencia el mismo sueño: ella, junto a su padre, mirando el cielo desde la azotea de su casa. Las estrellas inalcanzables brillaban en el firmamento.

—Siempre te voy a amar y cuidar, sin importar dónde estés —decía él y enseguida le daba un beso en la frente.

Abigail despertó en ese instante. Desde su ventana veía la luna más redonda que nunca. Un tecolote comenzó a cantar. Por esos rumbos, la gente creía que esto último era de mal agüero, pero su padre siempre le dijo lo contrario: "No hay nada que temer, son aves sabias, no tienen ninguna intención de traer malos presagios.

 A VECES NOS INQUIETA LO DESCONOCIDO; SIN EMBARGO, LO QUE NOS PARECE EXTRAÑO NO ES PRECISAMENTE MALO.

Piensa que, cada vez que un tecolote canta, vienen cosas nuevas".

Abigail tenía trece años; sus padres eligieron ese nombre porque la comadre Ernestina les dijo que significaba "la alegría del padre". Ella no conocía otro hogar más que Piedras Negras, Coahuila, ni otra familia más que la propia y la de su madrina, muy allegadas entre sí. Por eso le tomó de sorpresa la noticia de su madre.

—Nos vamos a mudar a otra ciudad, Abi. Muy lejos de aquí.

—¿Por qué nos tenemos que ir? —preguntó desconcertada la niña mientras sus pequeños ojos se volvían dos charquitos de agua salada que se rehusó a derramar.

—Ya no puedo con los gastos. La situación se complica, cada vez tengo menos trabajo, debo dos meses de renta... ¡Mira tus zapatos! —señaló los sucios y desgastados zapatos escolares.

—Yo no me puedo ir —negó con la cabeza Abigail—. Aquí está la tumba de mi padre, jamás voy a abandonarlo —corrió a su habitación, una cortina de tela hacía las veces de puerta. Se acurrucó en la cama tratando de callar el llanto con la almohada.

Su padre había fallecido dos años atrás. Fue un hombre trabajador y amoroso. A pesar de la pobreza en la que vivían, tanto Ángeles como Abigail se sentían felices con sus vidas. Remigio, como se llamaba el difunto, era obrero en una fábrica, y aunque se accidentó mientras laboraba, Ángeles sólo recibió una mísera indemnización que apenas le sirvió para el entierro.

Esa noche trágica, Ángeles terminaba de poner la mesa para la cena; Ernestina, el esposo y los padres de ésta los acompañarían como cada año. Abigail se trenzaba el cabello frente al espejo cuando tocaron la puerta; pensando que su padre había llegado, corrió a abrir.

—¿Está Ángeles? —preguntó una mujer que Abigail no conocía. En su rostro la angustia era notable.

Un presentimiento de que traía malas noticias erizó la piel de la niña. Se volvió hacia dentro de la casa para buscar a su madre con la mirada. Ángeles corrió a la puerta. Reconoció a la mujer de inmediato: era la esposa de uno de los compañeros de Remigio.

—¿Qué pasó, Adela? —balbuceó con temor.

Adela se quedó en silencio mientras las lágrimas se derramaban de sus ojos.

—¿Qué pasó, Adela? —volvió a preguntar Ángeles, esta vez exaltada.

Adela intentó articular algo, pero de su boca sólo salió un aullido que se convirtió de inmediato en un llanto que parecía ahogarla.

—¡Corre, llama a tu madrina! —ordenó Ángeles a Abigail.

La niña salió veloz de la casa sin comprender qué pasaba. Ángeles tomó del brazo a Adela y la dirigió a una silla para que se sentara; jaló otra silla y se sentó frente a ella, intentando calmarla. Cuando Adela recuperó el aliento, le dio la noticia que cambiaría sus vidas: Remigio y el esposo de Adela habían caído de un andamio, ninguno de los dos sobrevivió.

Cuando Abigail regresó a la casa acompañada de su madrina, encontró a su madre y a la mujer, que hasta ese momento era para ella una desconocida, unidas en un abrazo de sal, *las lágrimas de las mujeres se unían como el dolor que en su corazón habitaba.*

Ninguna de las dos viudas quiso velar a su muerto, las dos quisieron un entierro inmediato. En la sepultura las acompañaron familiares y amigos; en representación de la fábrica, no llegó nadie. Todos los jefes de la fábrica parecían mudos, ciegos, invisibles… ninguna de las dos viudas podía contactarlos. Buscaron abogados, apoyo del gobierno, fueron a Conciliación y Arbitraje, a un par de periódicos, a un programa de radio, nadie quería escucharlas, todas las puertas se cerraban en sus narices. En un momento, Ángeles se preguntó dónde estaba Dios cuando tanto lo necesitaba, quería justicia, pero la justicia también las abandonó. En los meses siguientes, agotadas de tanto silencio, cada una volvió a casa con sus huérfanos.

Sentada ahí en la mesa, frente a los platos con frijoles negros que ni Abigail ni ella quisieron probar, Ángeles se desmoronó.

INTENTABA SER VALIENTE ANTE LAS CIRCUNSTANCIAS, PERO EL MIEDO INEVITABLEMENTE LA ENVOLVÍA.

Se decía a sí misma que la decisión de irse era lo mejor. Le pidió a Dios que la perdonara por tantos reproches y, en una oración, le rogó que habitara en el corazón de su hija para que algún día ella entendiera las razones por las que había decidido irse de Piedras Negras.

La madre de Ernestina mantenía contacto, a través de cartas, con su antigua patrona, Nena, para la que trabajó más de veinte años durante su juventud. Nena era una viuda dueña de una hacienda cacaotera en Tabasco. Estaba segura de que ella, a quien consideraba una hermana, les daría, tanto a Ángeles como a Abigail, el cobijo que necesitaban. Y por ello no dudó en recomendar a Ángeles para trabajar en la hacienda.

2

Así fue como, aquel verano de 1983, Ángeles y Abigail viajaron por dos días y una noche en carretera, hasta llegar a Comalcalco, Tabasco. Sólo llevaban tres maletas y la vieja bicicleta de Abigail, en la que tantas veces recorrió la plaza principal de Piedras Negras en compañía de su padre.

La primera parada que hizo el autobús fue en Saltillo. A pesar de no tener mucha hambre, para mitigar el aburrimiento compraron gorditas de chicharrón en salsa verde y un par de chaparritas sabor piña. A ratos se quedaban dormidas o miraban el paisaje, pero siempre en silencio; Abigail no se molestaba en disimular su mal humor.

Cuando llegaron a San Luis Potosí ya era de noche; transbordaron a otro autobús que les tocó compartir, entre otros pasajeros, con una señora y sus seis hijos, que no pasaban de los ocho años. Fue una noche desesperante, pues ninguno de los niños paró de llorar. Al siguiente día, el calor y el hedor dentro del autobús ya eran insoportables. Aunque Ángeles intentó platicar, en respuesta recibió una mirada fulminante de su hija. Esa tarde se detuvieron a comer en una carretera de Puebla, y ahí el humor de Abigail cambió. Esta vez, hambrienta, saboreó las deliciosas cemitas de carne enchilada; al fin Ángeles volvió a verla sonreír. En la terminal compraron dulces de todos los colores y sabores: camotes, borrachitos, tortitas de Santa Clara, alfeñiques, mazapanes y alegrías. *"Alegrías", dijo Ángeles para sus adentros, pensando en la falta que les hacía un poco de éstas en su vida, pero al mismo tiempo presintiendo que se dirigían a ellas.*

La última parada larga fue en Coatzacoalcos, Veracruz. El conductor dio veinte minutos de descanso. Como las dos se encontraban satisfechas, decidieron solamente comprar algo para beber. Por primera vez probaron el pozol, una tradicional bebida de origen mesoamericano, de consistencia espesa, hecha a base de cacao y maíz, que les sirvieron en jícaras con flores y formas geométricas labradas artesanalmente.

Para ambas fue un deleite descubrir en ese viaje diferentes personas, rasgos físicos, modismos, acentos, sabores, colores, paisajes; todo era una maravilla.

 ENTONCES ABIGAIL SE PREGUNTÓ QUÉ MÁS LE DEPARABA ESTE NUEVO COMIENZO EN SU VIDA.

Cuando llegaron a Villahermosa, ni siquiera bajaron del autobús, tan sólo unas horas de distancia las separaban de su destino.

"Bienvenidos a La Perla de la Chontalpa", se escuchó decir de pronto al conductor.

La central de autobuses de Comalcalco era igual a la de Piedras Negras, austera y pequeña. De inmediato Ángeles reconoció a Nena, de rostro dulce, ojos grises, tez blanca y arrugas propias de la edad, con una abundante cabellera plateada peinada en una trenza. La mujer irradiaba un temple sereno y fuerte, tal como se las describió la madre de Ernestina.

—¡Bienvenidas! —se acercó a abrazarlas.

—¡Gracias, estamos muy emocionadas! —dijo Ángeles con entusiasmo.

—Les va a encantar la hacienda —aseguró mientras se disponía a ayudarlas con las maletas.

—De este lado está la camioneta, vamos —les pidió que la siguieran con un ademán, al mismo tiempo que iba saludando a todas las personas con las que se cruzaba.

En el estacionamiento las esperaba una Ford *pick-up* de 1970 color naranja; acomodaron las maletas y la bicicleta en la batea de la camioneta, y se subieron adelante. Nena condujo alrededor de veinte minutos, que aprovecharon para charlar y conocerse un poco.

Abigail no salía del asombro al admirar el paisaje lleno de árboles espesos y robustos, el clima era caluroso y húmedo; algunas personas andaban a pie, otros en bicicleta o en triciclos, se veían pocos automóviles por el pueblo. Las mujeres eran muy bonitas, de piel canela y grandes ojos negros. En esa zona las tradiciones aún estaban muy arraigadas, así que era común ver a los mayores con trajes típicos, mujeres ataviadas en floreadas faldas amplias o vestidos de manta bordados; los hombres vestían con pantalones y camisas de manta, paliacates amarrados al cuello y sombreros de paja, sólo los jóvenes vestían atuendos más actuales.

Al llegar a la hacienda, el capataz las recibió.

—Mucho gusto, soy Tomás —saludó. Sus ojos rasgados parecían hacerse más chiquitos al sonreír y su pronunciado acento parecía arrastrar las *s* en algunas palabras para convertirlas en *j*.

—El gusto es de nosotras —respondió Ángeles con el tonillo norteño, que hizo evidente las diferencias y provocó la carcajada de todos, incluida la de ella.

—¡Hablan raro! —exclamó Tomás rascándose la cabeza.

Después de instalarse en su habitación dentro de la casa de servicio y darse un buen baño de agua fresca, Nena personalmente las llevó a conocer la hacienda, a la vez que les contaba un poco sobre la historia de su familia:

—Blaz Bauer era el nombre de mi padre, un inmigrante alemán que llegó en los años veinte a San Isidro de Comalcalco. Al poco tiempo descubrió la hermosa hacienda que se encontraba abandonada, pues los lugareños creían que estaba embrujada. En la entrada de la hacienda todas las noches un tecolote se paraba a cantar estruendosamente, con lo cual espantaba a todo aquel que pretendía acercarse. Se decía que una vieja hechicera se había transformado en aquel tecolote para tomar venganza contra los antiguos dueños, a los cuales llevó a la ruina. Por ese motivo nadie se atrevía a invertir su dinero en esta hacienda, ya que la bruja jamás permitiría su progreso.

—¿Un tecolote? —interrogó Abigail asombrada por la coincidencia.

—Sí.

—Cuando Abi era pequeña le daba miedo el canto de los tecolotes, ya había escuchado muchas leyendas sobre ellos —comenzó a explicar Ángeles.

—*Pero mi padre me enseñó a no temer la sabiduría de esas aves, y que mejor pensara que su canto era señal de cambios próximos, no necesariamente malos* —se apresuró a decir Abigail.

—Remigio prefería darles otra perspectiva a las supersticiones.

Nena las abrazó y señaló la pequeña gárgola de cantera que estaba en el arco de la entrada principal de la hacienda.

—Mi padre creía lo mismo que Remigio —agregó la anciana.

La gárgola era el rostro de un tecolote, y debajo de ella se leía: HACIENDA TUNKULUCHÚ.

La casa principal contaba con diez habitaciones y junto a ella había dos viviendas más pequeñas, una para los empleados del servicio y otra para las visitas, que en realidad no se usaban con frecuencia. Nena tenía un hijo llamado André, que vivía en la capital del país, y dos nietas gemelas, un año más chicas que Abigail. André era director de una orquesta sinfónica y viajaba constantemente.

La casa principal tenía un sinfín de macetas con helechos verdes, todos los muebles de madera rústica, y de las paredes colgaban pinturas de algunos artistas locales. Después las llevó al jardín exterior, donde se encontraba una palapa con hamacas y mecedoras para descansar. Se podía admirar una gran variedad de plantas y árboles de mango, hule, pimienta, plátanos, naranjos y flores de colores vibrantes; en el pequeño jardín botánico, las orquídeas silvestres cautivaron a Abigail.

NENA LES EXPLICÓ QUE CADA ÁRBOL, FLOR Y HELECHO TENÍA SU PROPIA HISTORIA Y UN SIGNIFICADO ESPECIAL EN SU VIDA.

Un camino llevaba al gran plantío de cacao y en medio se distinguía la majestuosa ceiba; representaba el alma de la hacienda, que en más de una ocasión se vio amenazada por ciertos altibajos; sin embargo, Blaz jamás mostró debilidad. Cuando adquirió la hacienda le fue difícil hacerse de trabajadores, ya que la mayoría estaban temerosos de que algún embrujo les cayera, y las condiciones en esa temporada tampoco fueron óptimas. Tan sólo unas semanas después de comprar el lugar, una tormenta implacable se desató. Marcial, abuelo de Tomás, fue el primer empleado de Blaz Bauer, y el testigo de aquel suceso. Justo cuando comenzaba la llovizna algo asustó a Newton, un labrador color negro, que era la adoración del padre de Nena. Desde el porche empezó a ladrar con insistencia hacia la oscuridad del plantío; de pronto se separó del portal para perseguir algo que solamente él veía. Blaz se cubrió con una capa impermeable, cargó su escopeta y le indicó a Marcial que cuidara la casa.

A Blaz Bauer no le importaron las advertencias de Marcial y salió en busca de Newton, que ya se había perdido en la espesura de los árboles de cacao, alumbrados intermitentemente por los relámpagos. Sus botas se hundían en el lodo a cada paso que daba para adentrarse en el plantío mientras llamaba a su perro. Le parecía escuchar a lo lejos el eco de unas carcajadas. A Blaz Bauer la rabia lo dominaba, aquélla era su hacienda y nadie iba a arrebatársela. El aguacero caía inclemente en el instante que encontró a Newton tirado en el suelo. Lo levantó para regresar a la casa, pero el lodo que estaba más espeso y profundo le dificultaba el andar. La tormenta lo cubrió de tal manera que perdió visibilidad, la noche negra era insondable; entonces cayó en cuenta de que no sabía cómo volver. Caminó hasta que alcanzó a distinguir la gran ceiba, justo cuando un rayo pegaba en su tronco; al acercarse descubrió que dicho evento había formado una cavidad tibia donde pudieron refugiarse.

Tan pronto amaneció, Marcial fue en busca de su patrón y lo encontró dentro del árbol con el can en brazos y el rostro entristecido. Blaz enterró a Newton bajo la sombra de la ceiba; en su testamento pidió que sus cenizas fueran esparcidas en ese mismo lugar. Desde aquel día prometió que en vida trabajaría la tierra con sus propias manos y que esa hacienda no sería más el miedo de la comunidad, sino el orgullo de ésta.

No fue fácil ganarse la confianza de los habitantes del poblado de Comalcalco, ya que desde épocas prehispánicas la gente temía al tunkuluchú, pues la leyenda maya contaba que esta ave tenía el poder de oler la muerte y con su canto anunciarla, todo por vengarse de un hombre que una vez la avergonzó frente a las otras aves; de modo que, cuando el tunkuluchú canta, el hombre muere. Para Blaz Bauer, *la muerte más terrible era la del espíritu,* así que no se dejó doblegar por el miedo y contagió su entusiasmo a la joven docena de trabajadores con quienes logró en un año consolidar la hacienda.

Después de acariciar la ceiba, Nena y sus acompañantes se dirigieron al sendero que las llevaría a la fábrica de chocolate; aún faltaban varios metros para llegar, pero ya se percibía el aroma seductor que caracterizaba a los chocolates Tunkuluchú.

En la entrada las esperaba contenta la encargada del área de empaquetamiento, una guapa mujer llamada Rosa, que pronto sería jefa de Ángeles, por lo que esta última apenas pudo disimular su emoción.

Rosa les explicó brevemente los procedimientos de elaboración del chocolate mientras recorrían el lugar, su hablar era seguro y vibrante. Durante el recorrido, se dieron cuenta de que la fábrica era su vocación y la alegría de su vida. Más tarde se sentaron en una de las mesas de madera, que se encontraban afuera de la fábrica, donde hacían de comedor para los empleados, y disfrutaron pan tostado con mermelada casera de mango y habanero; acompañaron la merienda con una fresca y espumosa bebida elaborada con polvo de cacao y avena. Charlaron por horas, hasta que el ocaso llegó paulatinamente.

—Bien, es hora de irnos —indicó Nena, refiriéndose a Ángeles—, mañana te integrarás a tus labores y poco a poco serás una experta en el arte de la chocolatería.

—Estoy infinitamente agradecida por esta oportunidad, doña Nena —respondió resplandeciente.

3

Justina, la hija de Tomás, tenía la misma edad de Abigail y, al saber que ésta acababa de llegar al lugar, asumió la encomienda de guiarla en sus primeros días en el pueblo.

—¿Estás nerviosa? —preguntó Ángeles mientras despedía a su hija en la entrada de la hacienda.

—No, mamá, estoy bien —respondió.

—Vamos, Abi, no querrás llegar tarde en tu primer día de clases —le apresuró Justina.

—Mamá... —dijo Abigail montada en la bicicleta y girando sobre sí—, ten un gran día —lanzó un beso y se alejó.

Eran las cinco y media de la mañana, aún no salía el sol. Ángeles regresó a la cocina y pudo disfrutar de un humeante café de olla antes de dirigirse a la fábrica. En sus pensamientos añoró a su esposo. Recordó que la noche antes de la muerte de Remigio un tecolote ululó toda la madrugada, e inevitablemente le reclamaba a Remigio qué cosa buena podía venir después de su muerte.

—¡Ay, Remigio! Quisiera que estuvieras aquí —sollozó, y en ese mismo instante un tecolote entró a la cocina y se posó sobre el respaldo de una silla, ululó mirando fijamente a Ángeles, que hipnotizada se perdió en esos enormes ojos negros y, cual humo, se desvaneció; de pronto, se encontró bailando con Remigio, no estaba segura de que fuese un sueño o sólo un recuerdo.

—*No quiero despertar, Remigio, quédate conmigo* —le suplicó con una sonrisa en el rostro y los ojos llenos de lágrimas.

—¡Ushe! —Rosa entró a la cocina dando un manotazo al aire para ahuyentar al tecolote—. ¿Ya estás lista?

—Sí —respondió aturdida Ángeles.

—¿Te asustó el tecolote?

—No, no, estoy bien. Vamos —se restregó los ojos, como para asegurarse de no estar soñando.

Salieron del lugar. Ángeles, todavía recuperándose del suceso anterior, miraba el espeso cabello negro mecerse en el andar apresurado de Rosa que iba un poco adelantada.

Rosa era la mayor de cinco hermanos varones. Durante su juventud, muchos pretendientes la siguieron por su amabilidad, mientras que otros admiraban la gracia con la que sus caderas se balanceaban al caminar. Sin embargo, al fallecer su madre se dedicó a criar amorosamente a sus hermanos y atendió a su padre hasta el último día de la vida de éste. Solía decir que había sido bendecida con el don de servir. Nunca fue a la escuela, ni había trabajado, así que, cuando sus hermanos se casaron y su padre falleció, el silencio habitó la casa y en aquella soledad su alma se sintió vacía, carente de todo sentido. Además, consideraba que estaba muy vieja para intentar buscar un empleo.

Tomás la conocía desde que eran niños, la quería y admiraba mucho. Así sucedió que, un domingo afuera de la iglesia, Nena y Rosa se conocieron mientras él intentaba consolar a su amiga y le ofrecía su paliacate para que se secara las lágrimas que se le desbordaban como el río Usumacinta en temporada de lluvia.

—¿Qué pasó, Tomás? ¿Les puedo ayudar en algo? —preguntó Nena con sincera preocupación, tocando el hombro de Rosa.

—Su padre falleció recientemente —respondió Tomás.

—Lo lamento mucho —le dijo Nena a Rosa.

—Gracias, señora Nena —aunque nunca antes habían intercambiado palabras, Rosa sabía quién era ella.

Días después del encuentro, mientras Tomás ayudaba a Nena con el jardín botánico que estaba montando, le platicó más sobre la vida de Rosa. A Nena le inspiró ayudar a aquella mujer y esa misma tarde fueron a visitarla, le llevaron una canasta de frutas, panes y una maceta con una orquídea color lila. La casa era de lámina y piso de tierra, con un buen terreno en el cual había un par de árboles de capulines, un naranjo, un limonero, un mango y, al final, un corral con gallinas, pavos y pollos; dos perros flacos les ladraron al acercarse.

—¡Ushe! Sáquense pa' allá —los regañó Rosa—. Bienvenidos a su humilde casa —la visita la había tomado por sorpresa.

—Perdona que vengamos tan de repente, trajimos algunas cosas —se disculpó Nena.

—Muchas gracias, no se hubiera molestado, señora Nena, Dios los bendiga —los invitó a tomar asiento en el sencillo comedor de madera cubierto por un mantel floreado de plástico, donde Nena tomó lugar. Tomás saludó a Rosa y le explicó que Nena estaba interesada en platicar con ella.

—La espero afuera, doña Nena —le dijo a su patrona mientras Rosa se sentaba frente a ella.

—Sé lo difícil que es quedarse sola —le tomó las manos—. Si tú quisieras venir a trabajar a la Hacienda Tunkuluchú, serías bienvenida. Tomás te quiere mucho y está muy preocupado por ti.

—Le agradezco la oferta, pero sinceramente yo no sé hacer nada —intentó limpiarse las lágrimas que comenzaban a escurrir por su rostro.

—Sabes hacer muchas cosas, mujer, y puedes aprender muchas más, sólo es cuestión de que tú lo decidas —Nena señaló la flor—. *¿Sabes? Las orquídeas son mis flores favoritas, hay una gran variedad de ellas, me hace pensar en la diversidad de seres que habitamos en este mundo. Distintas y únicas, ninguna orquídea es igual a otra, tampoco ninguna mujer es igual a otra, cada una es única. No dudes de tu talento, porque sí existe, está dentro de ti, necesitas reconocerlo.*

En ese entonces Rosa tenía veintisiete años, pero éstos le pesaban como si tuviera tres décadas más. Esperaba envejecer cuidando a sus sobrinos, dependiendo económicamente de sus hermanos. No sabía leer ni escribir, no por falta de interés, sino porque había crecido en un destino donde atender a su familia era su única opción; ahora la señora Nena le ofrecía la oportunidad de hacer algo nuevo.

A la semana siguiente, Rosa decidió aceptar el trabajo en la fábrica de chocolate. Al principio sus hermanos se opusieron, le decían que su padre se sentiría decepcionado de que su única hija abandonara la casa que él había construido con sus propias manos. Sin embargo, ella les hizo ver que merecía tener su propia vida, que había cumplido con su padre, pero que ahora estaba sola y necesitaba desesperadamente encontrar un respiro. Después de unos meses trabajando en la fábrica ya era otra mujer, más alegre, jovial y segura de sus capacidades; aprendió a leer y escribir. Al cabo de un año, la ascendieron a jefa del área de empaquetamiento. Y esa nueva Rosa fue la que conoció Ángeles.

El cielo comenzaba a pintarse de tonos naranjas, los gallos cantaban, las flores se erguían. Rosa y Ángeles se cruzaban con otros trabajadores en el camino mientras se dirigían a la fábrica, saludaban con una sonrisa: "Buenos días".

—Admiro mucho lo que haces por tu hija, no debió de ser fácil tomar la decisión de mudarse —comentó Rosa.

—Definitivamente no lo fue, pero al llegar aquí me di cuenta de que es lo mejor. ¡Claro que extraño Piedras Negras!

TENGO QUE ENSEÑARLE A MI HIJA QUE LA VIDA SIGUE, NO QUIERO QUE PERMANEZCA ANCLADA EN LA MELANCOLÍA.

Se detuvo un momento mirándola a los ojos.

—¿Tú tienes hijos?

—No, no tengo, nunca me casé —respondió.

—Aún eres joven, no digas nunca —concluyó Ángeles, y continuaron en silencio el resto del camino.

4

Siempre que llegaba un nuevo empleado, sin importar en qué área iba a laborar, Rosa se encargaba de mostrarle la hacienda; creía firmemente que al conocer el origen y razón de su trabajo los haría comprender el impacto de sus faenas diarias. Por eso, a pesar de que el trabajo de Ángeles consistiría principalmente en la envoltura comercial, Rosa quiso aprovechar que todavía estaban en temporada de cosecha para enseñarle el corazón de los chocolates Tunkuluchú.

Veinte hectáreas de plantío de cacao se extendían ante sus ojos, una fusión del pasado y el presente. Ángeles pudo imaginar todas las generaciones que habían trabajado esa tierra, desde tiempos prehispánicos hasta el actual; imaginó a Blaz Bauer enseñándole a una pequeña Nena a sembrar por primera vez un árbol de cacao. De pronto, un sonido fuerte y áspero la sacó de su hipnosis: en la rama de uno de los árboles posaba una hermosa ave de color negro y amarillo, con un sobresaliente pico de varios colores; cantó al viento una vez más, abrió sus alas y emprendió el vuelo. Jamás en su vida Ángeles volvió a ver un tucán, pero aquel recuerdo quedó para siempre guardado en su corazón; entonces quiso saber todo sobre la Hacienda Tunkuluchú: la siembra, la cosecha, la producción, las historias, las leyendas…

 UN DESEO POR DESCUBRIRLO TODO COMENZÓ A RECORRER SU CUERPO.

—Buenos días, Tomás —saludó Rosa con una resplandeciente sonrisa. Éste se encontraba organizando a los jornaleros; dio las últimas indicaciones y se dirigió a las dos mujeres.

—Buenos días, Rosita, voy a desear que haya más seguido nuevos empleados en la fábrica para tener la dicha de tu visita.

—¡Qué cosas dices, Tomás! —exclamó sonrojada—, yo encantada de estar en la cosecha, pero esos chocolates no se empacan solos —bromeó Rosa.

Aquella complicidad de los dos amigos de inmediato le nubló los ojos a Ángeles, miró disimuladamente a otro lado para contener las lágrimas. Cuánto extrañaba a Remigio y, aunque intentaba que su corazón disfrutara de todo lo que sus ojos veían, era inevitable que los recuerdos de él se hicieran presentes.

—¿Podrías mostrarnos el proceso de la cosecha y platicarle a Ángeles la leyenda del cacao? ¡Nadie la cuenta mejor que tú! —dijo Rosa retomando un poco la formalidad.

—Por supuesto que sí, Rosita, cuándo te he negado algo.

—Nunca —respondió casi suspirando.

Ángeles acompañó a Rosa con un suspiro, pero el suyo estaba lleno de melancolía.

Tomás les pidió que lo siguieran, se adentró un poco más en el plantío. En cuanto supo que una nueva trabajadora llegaría, reservó aquel árbol de cacao para ese momento; se sentía halagado de que Rosa lo incluyera en su proyecto de capacitación y se esmeraba en hacerlo cada vez mejor. Del árbol de cacao escogido pendían brillantes maracas alargadas de color naranja, cada una pesaba casi medio kilo; la sombra de las especies arbóreas más altas las cobijaban: laurel, zapote, aguacate, guayaba, plátano, hule, guanábana; alrededor todo era vida, era extender la mano y alimentarse. Los otros jornaleros continuaban cortando las maracas y las recolectaban en sacos; el sudor escurría de sus frentes, el sol estaba casi en su esplendor.

Con cuidado de no dañar las hermosas flores que adornaban el árbol, Tomás desprendió una por una las bayas mientras les explicaba por qué tenía que hacerlo así.

—De estas pequeñas nace el fruto y si se dañan ya no vuelven a florecer. La floración del cacao se produce durante todo el año.

—Es hermoso cuando los árboles se llenan completamente de flores —agregó Rosa.

—Aunque sólo un poco más de la mitad de aquellas flores dan frutos —aclaró Tomás—. Ahora hazlo tú —invitó a Ángeles—; no te pongas nerviosa, lo harás bien.

Ángeles recordó que, cuando de niña acompañaba a su madre al mercado, le ayudaba a escoger la fruta; le encantaba tomarla entre sus manos y sentir a través de su textura si estaba madura, oler su frescura e imaginar su sabor, saber que pronto saciaría su hambre.

Al terminar de cortar la última mazorca, Tomás cogió su machete y la partió en dos, le dio una de las mitades a las mujeres y él se quedó con la otra. Una pulpa blanca envolvía los granos de cacao en el interior. Las invitó a probar. Con timidez, Ángeles tomó con sus manos un poco y se lo llevó a la boca, de inmediato percibió el delicado sabor a fruta tropical; sus compañeros ya iban por el segundo bocado.

—¡Es delicioso! —exclamó Ángeles mientras devoraba el resto del fruto.

—*Desde antaño, el cacao es considerado un fruto único y sagrado* —comentó Tomás—. La leyenda cuenta que un día Quetzalcóatl bajó del reino de los dioses y trajo consigo a Tláloc, dios de la lluvia, dador de vida y dueño de almas. También vino Xochiquetzal, esposa de Tláloc, deidad de la alegría y del amor. Al ver que los toltecas eran un pueblo trabajador, Quetzalcóatl decidió premiarlos con una planta de los dioses y pidió a Tláloc que la llenara de agua y a Xochiquetzal que le colocara flores; la planta creció y se cubrió de frutos. Cuando estuvo lista, Quetzalcóatl recogió las vainas y enseñó a las mujeres a tostarlo, molerlo y combinarlo con agua. Así nació el chocolate.

Rosa quedó impresionada con la información que Tomás aportaba; después supo que también se dedicaba al estudio y sus dudas las resolvía recurriendo a los maestros de su hija Justina. Una vez que terminaron la recolección, cada uno tomó un costal con las maracas y caminaron rumbo a la fábrica, donde los esperaban otros empleados listos para separar las semillas de la pulpa y dejarlas totalmente limpias para la fermentación, la cual se llevaba a cabo en cestas durante siete días. Los granos que ya habían pasado por dicho proceso continuaban con el secado a la intemperie para eliminar la humedad y, por último, eran seleccionados para convertirse en chocolate.

Agotados por la jornada, los tres se tumbaron en el suelo bajo la sombra de un árbol de mango. Ya eran las seis de la tarde. Rosa sacó de la bolsa de su mandil una barra de chocolate.

—Tal vez suene algo soñadora, pero cada vez que envuelvo un chocolate imagino la emoción de un niño mientras va quitando la cubierta, la ilusión de una enamorada al sentirse amada, de una madre al ser celebrada, de alguien triste que encuentra en un bocado ese pedacito de esperanza —abrió el chocolate y le compartió un pedazo a cada uno—. ¿No les parece que el chocolate es un suspiro?

SE LLEVARON A LA BOCA EL TROZO DE CHOCOLATE Y LA DELICIA DE SU SABOR DULCE-AMARGO, COMO LA VIDA.

5

Después de clases, Abigail y Justina se reunían a estudiar en la palapa del jardín. Fue fácil que simpatizaran, no sólo porque todos los días recorrían juntas tres kilómetros y medio de distancia para llegar a la escuela, sino también porque las dos eran hijas únicas y habían perdido a uno de sus padres.

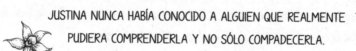

JUSTINA NUNCA HABÍA CONOCIDO A ALGUIEN QUE REALMENTE PUDIERA COMPRENDERLA Y NO SÓLO COMPADECERLA.

Justina nació la noche del 21 de marzo de 1970; Tomás tuvo el presentimiento de que las cosas no saldrían bien, nunca había visto llover tanto en primavera. Ese día, desde que amaneció, el agua caía a cántaros. Los quejidos de la madre de Justina, que estuvo diez horas en labor, se escuchaban hasta el siguiente ejido; su cuerpo tembloroso y sudado se retorcía entre las sábanas. La partera le colocó paños de agua helada en la frente al mismo tiempo que le indicaba cómo respirar y le sobaba el vientre. Tomás sostuvo con fuerza la mano derecha de su mujer.

—Todo va a estar bien, Joaquina.

—Te amo, Tomás... siempre te voy a amar —lo miró con ternura.

—Ya estás lista —indicó la partera, y le dio a beber una infusión de plantas medicinales; después Joaquina abrió las piernas lo más que pudo, se mordía los labios para contener el dolor que las contracciones le provocaban; la mujer se colocó en cuclillas frente a ella para recibir al bebé. A las diez de la noche nació Justina y, en el momento que dio el primer llanto, la lluvia cesó.

—Felicidades, es niña —la partera envolvió a la bebé en una manta; una sonrisa débil se dibujó en el rostro de Joaquina, sus brazos se abrieron con urgencia por abrazar a su hija, sentir su calor, saberla viva; después le hizo jurar a Tomás que la cuidaría y la amaría más que a nadie en el mundo. Antes de cedérsela a su marido, le dio un beso en la frente.

—Te amo, hija —susurró y la niña sonrío por primera vez.

Tomás recibió a su hija; en ese instante, Joaquina cerró los ojos. Con la niña en los brazos Tomás se derrumbó al pie de la cama, *dejó que el insoportable dolor saliera transformado en cientos de lágrimas que inundaron la habitación de tristeza.*

Las dos niñas descansaban bajo la sombra de un gran árbol de mango.

—Anoche tuve un sueño hermoso —interrumpió el silencio Justina.

—¿Qué soñaste? —preguntó Abigail.

—Soñé con mi madre —respondió Justina con una enorme sonrisa dibujada en el rostro—. Es la primera vez que veo su rostro en mis sueños, siempre que la soñaba nunca veía su cara, ni sus ojos, sólo siluetas, sombras o un rostro borroso.

—Yo sueño con mi padre frecuentemente y creo que no es sólo un sueño, es él, que viene a asegurarse de que estoy bien —Abi se acercó a Justina y quedito le dijo—: estoy segura de que tu mamá ha encontrado la manera de comunicarse contigo y por eso esta vez sí pudiste verla.

—Tienes razón, se sintió tan real, como si fuera un recuerdo…

En el sueño Justina era de nuevo una bebé, estaba en su cuna junto a la ventana, intentaba con sus manitas alcanzar las estrellas que centelleaban en el cielo; su madre entró a la habitación, parecía un ángel con su vestido blanco, su cabello negro y ondulado le llegaba hasta la cintura y su sonrisa era mar en calma. Cuando se acercó quiso decirle "mamá", pero sólo un balbuceo salió de su boca. Justina nunca se había sentido tan segura como en ese instante en el que Joaquina la tomó entre sus brazos; se sentó en la mecedora y comenzó a arrullarla con su melodiosa voz: "Mi niña hermosa, luz de mi ser, mi niña querida, siempre te amaré, mi niña hermosa, luz de mi ser, nunca te sientas sola, donde quiera que vayas contigo estaré…".

Ambas habían descubierto muy jóvenes lo dura que puede ser la vida. El ciclo natural: nacer, crecer, envejecer, morir… Morir de viejos —habían pensado alguna vez—. Todos deberían morir de viejos, ver crecer a los hijos, disfrutar a los nietos. Todos deberían tener tiempo para cumplir sus misiones y alcanzar sus sueños, pero la vida es tan frágil como una flor a la intemperie, sin previo aviso de un tajo puede ser arrancada. Duele tanto perder a un ser amado, y más aprender a vivir con ello.

Por mucho tiempo, Justina fue la única niña en la hacienda, por eso disfrutaba mucho la compañía de Abigail. Aunque sólo llevaban unas semanas de conocerse, entre ellas nació una amistad que con el tiempo se volvería inquebrantable. Después de terminar sus tareas solían andar en bicicleta por los alrededores de la hacienda, y jugar en un columpio, una llanta que Tomás había colgado de un árbol situado en la parte trasera de la casa de servicio. Todos los jueves iban después de clases a ensayar danza folklórica; los sábados en las mañanas a catecismo, y cada domingo acompañaban a Nena a la primera misa. Mientras Nena hacía su rosario después de la misa, ellas corrían a jugar a los encantados con otros niños; a Justina le gustaba ser la primera encantadora, corría por todo el patio detrás de cada niño, uno por uno los alcanzaba. Parecía que disfrutaba mucho de gritar "¡encantado!" cada vez que tocaba a alguno, mientras éste, por regla, se quedaba inmóvil, en espera de que otro de los que todavía corrían viniera a desencantarlo. Nunca faltaba el sacerdote que se acercaba a regañarlos.

—¡Chamacos, ésta es la casa de Dios, no un parque! —gritó el padre Macario, dándole un jalón de orejas a un niño que sin querer se había tropezado con él—. ¿Dónde está tu mamá? —le preguntó.

—No vino, padre.

—¡No vino! —refunfuñó el sacerdote, enfadado porque muchos adultos mandaban solos a sus hijos y se desentendían por completo de la iglesia—. Pero ya los veré aquí cuando necesiten un milagrito —expresó para sí mismo.

—Ay, padre Macario, a Dios no le gusta verlo mal encarado —lo regañó Justina.

—Escuincla, cuando vea a Tomás te voy a acusar por contestona, no se les habla así a los mayores y mucho menos a un servidor de Dios —harto de discutir cada semana lo mismo con los niños traviesos, el padre Macario se dio media vuelta alzando las manos al aire como pidiendo paciencia al cielo.

Pero las fechorías de los niños no acababan ahí; del canasto de la limosna que solían poner en los altares, tomaban algunas monedas para comprar dulces en la tienda de las hermanas de la caridad, que después repartirían entre los niños del orfanato, quienes llegaban puntuales todos los domingos a la misa de las once de la mañana. Justina, a pesar de ser la más chiquita en estatura, era la que orquestaba todo, y ante su cara angelical nadie tenía ningún inconveniente.

Desde muy pequeña Justina desarrolló empatía no sólo por las personas, sino también por el mundo que la rodeaba.

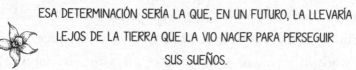

ESA DETERMINACIÓN SERÍA LA QUE, EN UN FUTURO, LA LLEVARÍA LEJOS DE LA TIERRA QUE LA VIO NACER PARA PERSEGUIR SUS SUEÑOS.

Siempre tomaría las decisiones con tremenda osadía, aunque a veces eso la metiera en líos.

—Me gustaría conocer Piedras Negras —dijo Justina mientras se dirigían en sus bicicletas a la escuela—. ¿Es bonito?

—Sí, mucho. Es una ciudad pequeña, y también hace mucho calor en verano, sólo que diferente.

—¿A qué te refieres con diferente?

—Tal vez menos húmedo —contestó Abigail frunciendo el ceño—, pero en invierno hace mucho frío, creo que voy a extrañar eso. Rosa dice que aquí ni cuando llueve refresca.

—Es que aquí el calor está canijo todo el año.

—Cuando tenía siete años vi nevar.

—¡¿En serio?! —exclamó emocionada Justina—. No conozco la nieve. El año pasado hizo erupción El Chichonal y le dije a mi papá: "Mira, está cayendo nieve"; me aventó un zapato y me dijo: "Sonsa, es ceniza" —rieron mientras continuaban su camino.

—Algún día verás nevar. Y yo algún día conoceré el mar.

—¿Quééé? ¿No conoces el mar? —del asombro, Justina frenó y estuvo a punto de caer de la bicicleta.

—No —respondió Abigail con simpleza deteniendo su andar.

—¡Tienes que conocer el mar! —afirmó Justina y se volvió a montar en su bici.

Las dos siguieron por la carretera de terracería, aún les faltaba un kilómetro para llegar. Otros niños que también se dirigían a la escuela pasaron al lado de ellas a gran velocidad, levantando polvo. En una bici iban tres de ellos, uno manejando, otro montado en los diablitos y el más pequeño sentado en el cesto delantero.

—¡Estorban, tortugas! —les gritó el niño que iba en el manubrio.

—¡Ojalá se estrellen contra un árbol, malcriados! —vociferó Justina con la cara totalmente empolvada. Y luego, mirando a su amiga—: Mi uniforme está todo sucio, por culpa de esos chamacos no me van a dejar entrar a la escuela —se lamentó Justina.

—Ahora a mí tampoco —dijo Abigail, al mismo tiempo que se embarraba la blusa con un puño de tierra que había recogido del suelo.

—¡Abi! —la acción de Abigail dejó pasmada a Justina por un segundo—. ¿Ahora qué hacemos?

—¿Regresamos a la hacienda?

—Apenas está saliendo el sol... ¿Y si vamos al mar? —preguntó Justina con su peculiar sonrisa traviesa.

La playa más cercana estaba a menos de una hora; las niñas resolvieron dejar sus bicicletas y mochilas en casa de la tía abuela de Justina, que vivía una calle antes de llegar a la escuela.

Como siempre, la anciana se encontraba en el pórtico de su casa sentada en su mecedora.

—Buenos días, tía Lilia —saludó Justina a la anciana que no se inmutó ante su presencia, seguía con la mirada perdida en el horizonte—. Buenos días —repitió Justina antes de abrir la puerta de mosquitero para entrar a la casa, pero nadie contestó.

Atravesaron la casa para llegar al patio trasero y ahí dejaron sus cosas. Estaban a punto de irse cuando escucharon un ruido que provenía de las habitaciones, la puerta estaba entreabierta. Se asomaron con curiosidad y vieron a Patricia, la nieta veinteañera de la tía Lilia encargada de cuidarla. Estaba en la cama acurrucada con su novio, besándose apasionadamente; Justina y Abigail hicieron un gesto de desaprobación y asco. Antes de continuar la huida, Justina se percató de que en el tocador estaba la cartera del muchacho, le hizo señas a Abigail para que no hiciera ruido y con cautela extendió el brazo lo más que pudo hasta que su mano logró alcanzarla. Cuando por fin la tuvo en sus manos, sacó un par de billetes y con la misma precaución volvió a dejarla en su lugar. De puntillas salieron de la casa.

—Que tenga un día hermoso, tía Lilia, nosotras vamos al mar, prometo traerle la caracola más bonita que encuentre —dijo plantándole un beso en cada mejilla. Después corrieron, entre risas, a la parada de autobuses.

Llegaron a Paraíso antes de las diez de la mañana, el sol se escondía detrás de un montón de nubes grises; a pesar de eso, para Abigail el día estaba perfecto, nunca había ido tan lejos de casa sin la compañía de su madre. Todo aquello le resultó emocionante. Se dirigieron al parque central Guillermo Sevilla Figueroa. En la plaza cívica un anciano tocaba la marimba frente a una cafetería. Justina se acercó a bailar y cantar al escuchar que comenzaba "Amanecer de mi tierra"; zapateaba y agitaba su falda escolar con toda la gracia de una bailarina profesional de danza folklórica:

Amanecer de mi tierra, cómo inspiras al amor
cuando el sol besa la tierra, mi Tabasco es un primor.

Al terminar hubo aplausos por parte de sus espectadores. La chiquilla tenía una simpatía especial y su alegría contagiaba. Las monedas no se hicieron esperar y cayeron en el sombrero de paja que tenía en el suelo el viejo marimbero. Justina en gratitud hizo una reverencia, el anciano quiso compartirle algunas monedas, pero la niña se negó. Como si fuese una artista reconocida, Justina se despidió de todos aventándoles dos besos, uno con cada mano, causando nuevamente las carcajadas. *Abigail no salía del asombro. Justina era como esos guayacanes que vio en Villahermosa cuando pasaron en el autobús por la avenida Adolfo Ruiz Cortines, espigados y frondosos, inevitable no admirarlos, tan bellos y llenos de vida: floreados en primavera, sobrios y desnudos en otoño. De lejos aparentaban ser delicados, pero su corteza era lo suficientemente dura y capaz de transformarse en un velero dispuesto a desafiar la vehemencia del mar.*

Entraron a la policroma iglesia de Paraíso casi obligadas por la culpa de haber faltado a clases y estar allí sin permiso de sus padres. Se hincaron a rezar un Ave María, se persignaron y salieron en silencio, justo antes de que comenzara la misa del mediodía. Sintiéndose absueltas continuaron su viaje, ahora en una combi que portaba una cartulina blanca con las letras en negro: PLALLA DEL SOL.

—Espero no molestarlo, señor. Pero así no se escribe *Playa del Sol* —fue lo primero que dijo Justina al subir, y señaló el letrero.

—Pues ese letrero tiene ahí más años que tú de vida y *naiden* nunca me había dicho nada.

—Tal vez nadie lo había notado —respondió sutil, sin afán de sonar irrespetuosa.

—Dime, pues, cómo se escribe —le pasó una libreta pequeña y un lápiz.

"Playa del Sol", escribió Justina, y le entregó la libreta y las monedas para pagar el pasaje.

—*Playa del Sol...* —leyó en voz alta el conductor asintiendo con la cabeza al tiempo que le regresaba las monedas—. Pues muchas gracias, niña, el pasaje lo invito yo esta vez.

Al llegar al acceso principal de la playa, la combi hizo parada. El conductor aprovechó para escribir correctamente *Playa del Sol* en el otro lado de la cartulina y colocó el nuevo letrero en el parabrisas.

—Con cuidado, niñas, está muy nublado, no se queden tan tarde —aconsejó el conductor mientras bajaban.

El camino a la playa estaba pavimentado, a diferencia del gran estacionamiento. Había una palapa principal que correspondía a los administradores y a un costado de ésta, los baños. Se escabulleron entre unas palmeras para evadir la caseta de cobro y por fin se encontraron ante la playa desierta, debido al día nublado. Un destello iluminó los ojos negros de Abigail al ver la inmensidad del mar. Detuvo sus largos pasos para contemplar las olas espumosas que iban y venían con frenesí. Atraída por el magnetismo azul, se despojó lentamente de zapatos y calcetas, después se quitó la falda y la blusa del uniforme, quedándose en ropa interior. Su oscura cabellera caía a la altura de sus hombros. Hundió lentamente sus pies en la arena tibia y gris. Justina la observaba a un metro de distancia con la misma alegría que produce ver de lejos a alguien gozar su canción preferida, así que no quiso interrumpir ese instante. Miró a Abigail correr al mar con los brazos abiertos, como bebé que pide con urgencia un abrazo, hasta que se sumergió completamente en él.

—¡Justina, ven! ¡No seas gallina!

—¿Gallina, yo? ¡Jamás! —se quitó los zapatos y el uniforme, dejándolos con los de Abi, para después meterse al mar. En ese momento ninguna de las dos pensaba en nada. *Se sentían tan libres como las gaviotas que volaban en el cielo.*

Luego de un rato, se echaron en la arena a mirar las nubes y encontrarles formas; hicieron castillos de arena, dejaron que las olas los derrumbaran; recolectaron caracolas; observaron a los cangrejos sin molestarlos; volvieron a meterse al mar, y así pasaron las horas hasta que nuevamente se recostaron en la arena para contemplar el atardecer.

—Voy comprendiendo a qué se refería mi padre cuando me decía:

«NUNCA OLVIDES QUE TODOS LOS DÍAS LA VIDA TE REGALA PEDACITOS DE FELICIDAD. Y SI JUNTAS TODOS ESOS CACHITOS, PUEDES HACER CON ELLOS UNA GRAN COBIJA Y CUBRIRTE CON ELLA EL RESTO DE TU VIDA».

Esto dijo Abi con una sonrisa en el rostro y las dos manos detrás de la cabeza. Justina sonrió con ella.

Una mujer robusta y malhumorada se acercó a gritarles que ya era hora de que se fueran. Las niñas se pararon y mientras huían de la áspera mujer se iban poniendo la ropa.

Llegaron a la parada y tomaron otra combi para regresar al centro de la ciudad. Los retortijones en sus estómagos les anunciaron que estaban hambrientas. Compraron los boletos para regresar a Comalcalco y sólo les sobraron un par de monedas para comprar un tamal de chipilín que compartieron antes de subir al autobús. Durante el viaje Abigail miraba a través de la ventana el cielo ennegrecido que anunciaba una inminente tormenta y Justina dormía sobre su entumecido hombro izquierdo.

—Llegamos —susurró Abigail mientras Justina, somnolienta, se limpiaba con el cuello de su blusa el hilo de baba que se le había escurrido; se restregó los ojos para despabilarse y bajó del autobús justo detrás de su amiga. Tomaron otra combi para ir a casa de la tía Lilia, ya eran casi las siete de la noche. Sólo entonces comenzaron a preocuparse de lo que les esperaba al llegar a casa por haber desaparecido todo el día, pero ninguna de las dos mencionó nada al respecto.

—¿Dónde diablos estaban? —gritó Patricia al abrirles la puerta—. Mi tío Tomás las anda buscando como loco. Me puso una regañiza porque yo ni sabía que habían venido. ¿A qué hora vinieron?

—¿Se llevó nuestras bicicletas? —preguntó Justina sin dar más explicaciones.

—No se las llevó, las dejó por si regresaban —señaló el patio. Las niñas pasaron por sus bicicletas a toda prisa—. Mi papá llega en una hora, él las puede llevar, espérenlo mientras llamo a la hacienda para avisar que están aquí.

—No, yo creo que mejor nos vamos ahorita, Patricia —sugirió Justina rascándose la cabeza.

—Sí, ya vámonos —concordó Abigail, sin poder ocultar el nerviosismo en el rostro y mordiéndose las uñas.

—Hagan lo que quieran, pero a mí no me metan —les advirtió Patricia.

—Sí, sí, no te preocupes. Sólo llámales y diles que ya vamos para allá.

—¡Ay, chamacas! —rezongó y se dirigió al teléfono de su habitación.

La tía Lilia estaba apacible en el sofá con la mirada perdida, ya de nada se enteraba, ya nada le dolía, todo lo había vivido.

—Tía... —se acercó Justina y se arrodilló frente a ella— fuimos al mar, Abi no lo conocía. Le traje la caracola que le prometí —de la bolsa de su falda Justina sacó una caracola y se la puso entre las manos, la acercó a su oído.

—El mar... —musitó la tía Lilia mientras en su rostro se dibujaba una pequeña sonrisa y una ola de recuerdos se avivaba en su corazón.

Patricia volvió a la sala, quedó estupefacta al ver sonreír a la tía Lilia mientras sostenía sola la caracola, pues Justina se alejaba despacio de ella.

—Ya nos vamos —Justina le dio un beso en la frente a la anciana y Abi se despidió con un "Hasta pronto".

—Vayan con cuidado —Patricia les abrió la puerta. Las niñas se pusieron sus mochilas y se montaron en sus bicicletas. Un par de truenos retumbaron en el cielo.

—¡Justina…! —exclamó Patricia antes de que se fueran, haciendo que se volviera—. ¡Gracias por la caracola!

—De nada —respondió dichosa Justina.

Patricia las perdió pronto de vista, parecía como si las bicicletas tuvieran alas. Manejaban de prisa dejando atrás el paisaje dormido. Un par de relámpagos alumbraron el cielo, hubo un estruendo y, a unos minutos de llegar a la hacienda, se soltó el aguacero.

En la entrada principal de la hacienda, Rosa y Ángeles se resguardaban compartiendo un paraguas, Tomás con una capa impermeable; Nena observaba desde el pórtico junto con Inés, su cocinera. Pasaron toda la tarde angustiadas buscando a las niñas, imaginando las peores historias. Cuando hablaron con una de las maestras y se enteraron de que no habían asistido a clases, el alma se les salió del cuerpo. Ángeles se desmayó. Nena en todo momento mantuvo la calma y proporcionó lo que estuvo en sus manos para buscarlas: llamó personalmente al jefe de la policía para que pusiera a su disposición a algunos elementos, los cuales visitaron, sin éxito, a cada uno de sus compañeros de clases, nadie sabía dónde estaban las niñas; le prestó a Tomás su camioneta para recorrer el pueblo junto con Ángeles y Rosa, y ella esperó todo el día en la sala junto al teléfono por si llamaban. Cuando se enteraron de que las bicicletas y mochilas estaban en casa de la tía Lilia, imaginaron que se habían ido de pinta; se pusieron optimistas, agradecieron a la policía el apoyo y éstos se retiraron, quedando a la orden para cualquier situación. Después recibieron la llamada de Patricia avisando que ya iban en camino y el alma les regresó al cuerpo. Rosa, Ángeles y Tomás corrieron a la entrada principal. Conforme sus padres las veían acercarse en sus bicicletas, totalmente empapadas por esa lluvia que no cesaba, el sentimiento de alivio se les transformó en enojo, a ambos se les llenaron los ojos de lágrimas de decepción. Las niñas comprendieron en ese momento lo que su travesura había causado. Saludaron con la mirada en el suelo.

—Buenas noches —dijeron casi al unísono cuando bajaron de la bicicleta.

Sólo Rosa les respondió, se quitó su rebozo y las envolvió en él. Corrieron al pórtico de la casa principal. Tomás caminaba detrás de ellas con las bicicletas, Justina se volvió para verlo y agachó la cabeza.

Nena e Inés se abalanzaron sobre ellas con abrazos y besos.

—En un momento está el té. Traje toallas para que se sequen —comentó Inés.

—Muchas gracias, Inés —Ángeles tomó de las manos a Inés y miró con el rostro hundido a su patrona —. Pero si no le importa, doña Nena, lo mejor es que vayamos a descansar. De verdad le agradezco todo.

—Estoy de acuerdo —expresó Tomás.

—Entiendo, ha sido un día agotador —Nena acarició el rostro de las niñas con mirada de abuela comprensiva y le indicó a Inés que trajera las toallas y un par de paraguas más. Devolvió a Rosa su rebozo y rodeó a cada una con su toalla entregándoles un paraguas. Ellas agradecieron a Inés y Nena; se despidieron entre ellas sólo con un ademán. Abigail fue la primera en dirigirse a la casa de servicio; Rosa y Ángeles la siguieron.

La tetera sonó escandalosamente e Inés corrió a la cocina.

—Perdón por todas las molestias, muchas gracias por todo —dijo Tomás.

—Ay, Tomás, no te preocupes ni me agradezcas. Eres parte de mi familia, cuenta conmigo siempre. Descansa.

—Igualmente, doña Nena —dijo conmovido y besó cariñosamente su mano. Le indicó a Justina que caminara a la casa. Ellos vivían en una pequeña vivienda a unos metros de la fábrica, en un terreno que Blaz le heredó al abuelo de Tomás.

—Papá...

—Por favor, Justina, hoy no. Sólo quiero llegar a casa y dormir.

Por su parte, Abigail entró en la casa del servicio y fue directo a su habitación. Ángeles se despidió y agradeció a Rosa. Abi la esperaba sentada en la cama, ya se había puesto la bata de dormir y se secaba el cabello con la toalla.

—¿Cómo se te ocurre desaparecer así, Abigail? —preguntó entre gritos. La tomó del brazo izquierdo y la sacudió—. Pusieron a toda la hacienda de cabeza. ¿Qué rayos estabas pensando? ¡Por Dios!

—Lo siento, mamá —Abigail se disculpó entre sollozos—. Íbamos a la escuela y unos niños salpicaron de lodo a Justina, no la iban a dejar pasar así, entonces yo también me manché.

—¡Su obligación era regresar a casa!

—Lo sé, mamá, lo sé... pero yo tenía muchas ganas de conocer el mar...

—¿Qué? —Ángeles soltó el brazo de su hija. No pudo contener el llanto y la abrazó muy fuerte—. Abigail, entiende que si a ti te pasa algo yo me muero, no lo vuelvas a hacer por favor. No me hagas esto de nuevo.

—Perdóname, mamá.

—Prométemelo. No me vuelvas a hacer esto.

—Te lo prometo, mamá, lo siento. Lo siento —fue lo último que hablaron esa noche, pues cansadas por el ajetreo y el llanto, pronto se durmieron.

Ángeles esa noche soñó con el día que visitó por primera vez el mar. El sueño era tan vívido que parecía que de nuevo tenía veinte años. Ese día Remigio la convenció de escaparse. Llevaban un año de novios; los dos estaban muy enamorados, no les importó viajar más de quince horas en autobús, ni que sus padres se enojaran por desaparecer más de cuatro días, como tampoco los rumores que aquella locura podría desatar entre los vecinos. En ese viaje, la luna y las olas fueron el escenario propicio para que pasaran su primera noche juntos. El cuerpo pálido de ella se fundió con el cuerpo moreno del entonces joven Remigio; los brazos fuertes de él la envolvieron y guiaron con ternura. Remigio besó cada centímetro de sus largas y esbeltas piernas hasta llegar y perderse en su pelvis. Se entregó a ella con la fuerza del fuego y la ternura de la luz de las estrellas. La amó como nunca había amado a otra mujer. Un mes después, Ángeles se dio cuenta de que estaba embarazada, y cuando Remigio lo supo no dudó ni por un segundo en casarse y prometerle su vida entera. Cómo podría Ángeles estar molesta con el mar si el mismo mar había traído a su vida el mayor tesoro, ese que descansaba a su lado.

6

Tomás se reunía todas las mañanas con Nena para revisar temas administrativos de la hacienda. Estaban preocupados porque los números rojos comenzaban a invadir los libros contables. En su época dorada la hacienda produjo lo suficiente para exportar el cacao seco, elaborar los chocolates Tunkuluchú en su propia fábrica y para consumo personal, pero los últimos años el panorama se había vuelto desalentador. Quien no conocía el negocio admiraba la aparente riqueza natural; sin embargo, la hacienda se enfrentaba a una crisis sin precedentes: el rendimiento de la plantación había disminuido, los cultivos habían comenzado a perder su fertilidad y, como consecuencia, el cacao que producían fue perdiendo calidad; ante esto, tuvieron que dejar de exportar. La demanda de las barras de chocolate iba a la baja, los productos de importación desplazaron a los locales. Para la industria cacaotera venían muchos cambios y la Hacienda Tunkuluchú no contaba con los recursos necesarios para adaptarse.

Durante la última década, la región había sufrido una transformación acelerada con el descubrimiento de nuevos yacimientos petroleros en Chiapas y Tabasco, el campo pasó a segundo término. Las actividades económicas se centraron en desarrollar complejos petroquímicos, refinerías y depósitos, edificios de todos los tamaños. Lo primordial era la explotación petrolera y en el proceso iban causando daños ambientales irreversibles. Los hacendados comenzaron a vender sus tierras, los campesinos a emigrar en busca de nuevas oportunidades a otras ciudades e incluso a otros países; otros decidieron probar suerte en la industria petrolera, no importaba en qué puesto, en esa época muchos querían trabajar para Pemex. Pero también cientos de opositores se manifestaron. La Hacienda Tunkuluchú participó en ese movimiento; aunque aún no se veían afectados de manera directa, apoyaban a los campesinos que reclamaban una indemnización por todos los perjuicios. En enero de 1981, emprendieron una protesta, obstaculizando desde la zona fronteriza de Chiapas hasta un importante complejo petroquímico, con lo cual impidieron la entrada y salida del personal de la paraestatal. En algún momento Rosa y Nena tuvieron miedo de que la situación se saliera de control, ya que la fuerza militar no tardó en hacerse presente. Tomás, por su parte, no dudó en hacer frente junto a los otros campesinos que lidereaban la protesta.

Ante las promesas de pronta solución del gobernador, los líderes de la resistencia persuadieron a los demás de detener las manifestaciones, pero esas promesas no fueron cumplidas.

—Doña Nena, sea sincera conmigo... —dijo Tomás con la voz entrecortada y sin temor a ser imprudente— a otros hacendados les han ofrecido buen dinero por sus tierras, dice la gente que el país se ha vuelto loco, están apostando todo al petróleo, lo llaman el *oro negro*. Ya no les importa la tierra, tal vez nunca les importó. Las protestas y los reclamos no han sido suficientes, algunos se están rindiendo.

—No te preocupes, Tomás, tal vez estamos pasando por serios problemas que sinceramente no sé en este momento cómo solucionar, pero si de algo estoy segura es de que jamás daré a manos ambiciosas esta hacienda que con tanto cariño cuidaron mis padres.

 SEGUIREMOS SIENDO PARTE DE LA RESISTENCIA.

En esas tierras, antes de Blaz Bauer, habían sucedido un sinfín de injusticias: esclavitud, abusos, maldiciones, pero Blaz despreció y denunció todo aquello que le parecía impune. La puerta de su despacho siempre estuvo abierta, cualquier campesino tenía autorización para entrar a la casa principal y dirigirse a él; trabajó hombro a hombro con sus peones; defendió a sus empleados tanto como a la tierra; luchó por un trabajo digno donde todos se vieran beneficiados por su labor. Sus ideales le valieron el desprecio de otros terratenientes que comenzaron a tener problemas con sus trabajadores, quienes exigían los mismos derechos que Blaz proclamaba. Pronto ganó también la devoción de las mujeres. Todo el pueblo lo reconocía como un hombre honorable. Las solteras enamoradizas se arrojaban a sus brazos sin pudor alguno; a veces hasta las casadas le coqueteaban, pero sólo una pudo cautivar su corazón: Margarita López López. Después de su boda civil, las bendiciones cayeron sobre ellos como agua de mayo. *Por todo eso y más, Nena se rehusaba a deshonrar su memoria entregando sus tierras a empresas que se valían de promesas de progreso para saquear la tierra sin escrúpulos.*

7

Las fiestas resultaban un respiro para Nena en medio de tantas preocupaciones. Ese año no se perdió ni un día de la celebración de la Virgen de la Asunción. Esas fechas le hacían recordar las discusiones acaloradas que cada año, en la víspera de los festejos, tenían sus padres, gracias a las cuales entendió algo:

EL AMOR SE RIEGA CON TOLERANCIA, AUNQUE EN ALGUNOS TEMAS NO SE COMPARTA AFINIDAD.

Blaz se declaraba ateo. La Iglesia le repugnaba: señalaba su historia y toda la sangre que se derramó en nombre de Dios; la hipocresía de los sacerdotes, de quienes se escuchaban historias reprobables de todo tipo; despreciaba los templos tapizados de oro, y le reprochaba a Margarita su devoción hacia la institución que reprimió y esclavizó a sus antepasados. Por su parte, ella entendía la postura de su marido y no negaba la truculenta participación de la Iglesia en dichos actos, pero creía en algo más grande que la crueldad humana, a pesar de que la conocía muy bien.

Margarita fue la hija menor de seis hermanos, sus padres trabajaron para los antiguos dueños de la Hacienda Tunkuluchú. Desde su nacimiento quedó muy claro que ella pertenecía a esa tierra. Su madre se encontraba cortando mazorcas en la profundidad de los cultivos cuando comenzó con las contracciones, que no la dejaron llegar a la casa principal. Parió sola entre los árboles de cacao; nadie escuchó sus gritos, sólo un cenzontle acudió en su auxilio; se posó sobre su vientre mientras la niña salía y cantó para ella brindándole paz. Cuando Margarita salió por completo y su cuerpo tocó por primera vez la tierra, el cenzontle voló lejos. *Su madre la tomó entre sus brazos con la misma devoción con la que abrazó a su primer hijo, y desde entonces Margarita se sintió dueña de esa tierra. Una tierra que llegó a conocer como la palma de su mano.* Trepaba los árboles más altos, le gustaba andar descalza y bailar bajo la lluvia, comer la fruta que caía de los árboles, del suelo a su boca sin temor alguno de enfermarse; jugaba por igual con los perros, los gatos, las lombrices, las tarántulas, los alacranes. Amaba ser niña.

La primera vez que la sangre escurrió entre sus piernas se asustó; corrió llorando en busca de su madre, mas en el camino se topó a su patrón, Audencio Magón, un cuarentón amargado que siempre humillaba a sus trabajadores. Audencio la tomó del brazo con brusquedad y le preguntó por qué lloraba. Ella no dio explicación, sólo quería ir con su mamá. El hombre al notar la sangre entendió rápidamente lo que sucedía y se burló de ella: "Tonta, ya no eres una niña". La abrazó por la espalda dejándola inmóvil y comenzó a tocar cada rincón de su escuálido cuerpo mientras ella no paraba de llorar, y le susurró al oído: "Pobre de ti si le dices a alguien". Se limpió las manos con el vestido de la niña y la soltó de un empujón, ella corrió sin mirar atrás. Quizá sólo eran un par de kilómetros de distancia los que le faltaban para llegar a la casa de servicio, pero le parecieron cientos y cientos de kilómetros. Corría y lloraba. No entendía por qué de su cuerpo emanaba sangre, ¿se había roto?, ¿moriría?, ¿algo estaba cambiando dentro de ella? Antes de ese día no imaginaba un lugar más bonito que la hacienda, pero en ese momento, antes sus ojos, la hacienda se convirtió en el lugar más horrible del mundo. ¿Por qué Audencio la había mirado y tocado de esa manera?, sentía tanto miedo y vergüenza. Jamás le contó a nadie lo sucedido, evitó acercarse de nuevo a él, e incluso a otros hombres.

Al cumplir dieciséis años se fue a Villahermosa a estudiar enfermería. Cuando regresó, cinco años después, la hacienda ya tenía un nuevo dueño: Blaz Bauer. Cuando lo conoció no se imaginó que él sería el hombre que la iba a hacer feliz el resto de su vida. Por esto tenía presente que Dios no estaba en un templo, no iba ahí para buscarlo, ella lo llevaba en su corazón; sin embargo, su espíritu se reconfortaba al orar y compartir su fe con otros, a sabiendas de que el mundo estaba lleno de infelices como Audencio Magón.

Cuando Blaz escuchaba a Margarita defender sus creencias se quedaba callado, después, con una voz en la que no podía disimular el amor a su esposa, le decía: "Que te acompañe alguien". Y Nena miraba a su padre: "Yo la acompañaré". Blaz soltaba un resoplido por la nariz y volvía a su sopa con resignación.

Nena, que solía ir a las festividades con Inés, no faltó a ninguna misa, procesión, ni rama, disfrutaba aquellos días en los que el pueblo se reunía a celebrar los milagros de la Virgen. Las calles se pintaban de color con el desfile de carros alegóricos y todos esperaban con entusiasmo la coronación de la Flor del Cacao, cada uno tenía su favorita. Los niños sin cansancio subían en los juegos mecánicos. Había música y comida por doquier.

La noche de la clausura, Justina fue seleccionada para participar con su grupo de danza folklórica. A Tomás no le gustaba ir a dicha feria, ya que se desesperaba al ver tanta gente, mas esta ocasión decidió ir únicamente al bailable de su hija, a pesar de que no hubo ni un día en el que Rosa no le insistiera que fueran.

La noche del evento Tomás lucía impecable, con un pantalón de manta blanco y una elegante guayabera azul que Rosa le regaló en su último cumpleaños. Mientras se abrochaba el último botón frente al espejo, pensó en Rosa, en lo bella que era, en lo mucho que la admiraba, y se sintió malagradecido, quizá nunca le había hecho saber cuánto significaba en su vida. Se prometió que esa noche le invitaría todos los algodones de azúcar que ella pidiera; se subirían a la rueda de la fortuna, al carrusel; la sacaría a bailar un buen danzón, y después la llevaría a cenar sus tamales favoritos.

—Ya estoy lista, papá —Justina entró a la habitación con la mano en la cintura, el cabello totalmente recogido, adornado con cuatro peinetas y dos tulipanes, uno rojo y uno amarillo. Llevaba los labios pintados de rojo—. ¿Cómo me veo?

—¿Es necesario que te pintes así la boca?

—¡Papá! Es un bailable; además, te pregunté cómo me veo.

Dio una vuelta sobre su eje para presumirle el traje regional de media gala que traía puesto: una blusa blanca con los hombros descubiertos, adornada en el cuello y las mangas con una cinta de fondo oscuro y flores de colores bordadas; la falda era amplia, de color azul marino con cuatro cintas de colores en la parte inferior, cada una representaba las cuatro regiones de Tabasco: azul, región de los Ríos; rojo, región del Centro; verde, región de la Sierra; amarillo, región de la Chontalpa.

—Te ves muy chula, quisiera que tu madre pudiera verte.

—Mi mamá me ve desde el cielo —Justina le plantó un beso en la mejilla dejando marcado el labial—. Ya vámonos, que se hace tarde.

—Con el pretexto de que te ayudó a arreglarte, no dudo que Rosa sea la que nos atrase. Seguramente aún no está lista.

—¡Uy, no, papá! Rosa terminó de arreglarme y se fue de volada. Iba bien guapa. Me dijo que allá nos ve.

—¿No se aburre de ir todos los días a la feria?

—Yo creo que no. Tampoco doña Nena. A mí también me hubiese gustado ir todos los días, pero no me dejas.

—Ay, chamaca, eres puro relajito. Vamos, pues.

Tomás abrazó a su hija con ternura, ahora tenía más presente aquella frase de su abuelo:

"LOS HIJOS SON PRESTADOS Y LLEGA EL DÍA QUE TIENEN QUE EMPRENDER SU PROPIO VUELO".

Cuando llegaron a la plaza donde se realizaría la presentación, el lugar ya estaba repleto de gente, muchos no alcanzaron lugar para sentarse. Nena e Inés, que estaban en la cuarta fila, habían apartado lugares para Tomás, Ángeles y Abigail, que llegaron juntos. Justina ya se encontraba tras bambalinas.

—Se ve bien bonita Justina —comentó Abi a Nena.

—El próximo año seguramente tú también vas a participar.

—No, la verdad es que no soy buena bailarina, doña Nena. La maestra dice que tengo dos pies izquierdos y atraso mucho a la clase.

—Es cuestión de disciplina. Con el tiempo irás mejorando —aconsejó Inés.

—Comienzo a creer que quizá la maestra tiene razón, tal vez mi talento es otro.

—*Entonces no tardarás en descubrir cuál es tu talento, pero tienes que estar atenta para reconocerlo* —concluyó Nena.

Todos terminaron de acomodarse en su sitio, el bailable estaba por comenzar.

—No le guardamos lugar a Rosa —dijo Tomás con preocupación.

—Rosa está allá —señaló Nena—. Fue de las primeras en llegar. No creíste que se iba a perder el primer bailable estelar de tu hija, sabes cuánto la adora.

Rosa se encontraba en la primera fila. Era inevitable no mirarla, llevaba un vestido rojo de olanes con los hombros descubiertos; increíble cómo con el paso de los años destellaba más alegría y seguridad. Aunque Tomás no alcanzaba a escucharla desde lejos, veía cómo no paraba de hablar; siempre le había parecido un lorito, para todo tenía plática. A veces lo desesperaba y, cortante, le decía: "Rosa, ¿qué no tienes quehaceres? Pareces mosquito zumbando al oído". *Pero mirarla de lejos era una cosa muy diferente, era apreciar por primera vez la flor que siempre estuvo en el jardín, y ahora simplemente ya no estaba.* Se acongojó de que en ese momento Rosa estuviera riendo para quién sabe quién.

—¿Tú sabes con quién está Rosita? —preguntó a Ángeles.

—¿Rosita? —repitió Ángeles extrañada por el diminutivo.

—Es un decir...

—¡Ah!

—¿Sabes con quién está?

—Es el doctor Guillermo Zavala, no tiene mucho que llegó al pueblo. Yo no lo conozco, dijo que al ratito me lo presenta. Se han hecho muy buenos amigos.

Tomás arqueó las cejas sin decir nada más.

El presentador salió al escenario para agradecer la asistencia. Después de unas breves palabras anunció al ballet folklórico. El público guardó silencio, el presentador se retiró, las luces alumbraron el escenario, los jóvenes bailarines entraron con la música mientras una lluvia de aplausos les daba la bienvenida. Y comenzó el zapateado al ritmo de la marimba.

—Estuviste muy bella —dijo Tomás, que se había apresurado a alcanzar a su hija, en cuanto terminó la función, para darle un cálido abrazo.

—Gracias, papá, estuvimos ensayando mucho, me alegra que te haya gustado.

—Felicidades, pequeña —Rosa se acercó a ella con un pequeño ramo de flores y Justina soltó a su padre para recibir el segundo abrazo de la noche.

LA QUERÍA TANTO, SIEMPRE HABÍA SIDO UNA MUJER CARIÑOSA CON ELLA Y A VECES LLEGABA A SENTIR QUE LA QUERÍA COMO A UNA MADRE.

Detrás de Rosa se encontraba un hombre de bigote bien recortado que se acercó con amabilidad al grupo.

—Felicidades, Justina, te luciste —dijo inclinándose sobre su altura de aproximadamente 1.80 metros—. Rosa me ha platicado mucho de ustedes. Soy Guillermo Zavala. —El hombre extendió su mano para presentarse, primero a Justina y después a Tomás, quien tardó unos segundos en responder de mala gana el saludo.

—Pues un gusto conocerlo, pero aquí no sabíamos nada de usted —dijo con tono cortante.

—El doctor Guillermo acaba de llegar al pueblo hace unas semanas —se apresuró a decir Rosa, intentando romper el hielo.

—Me alegra que el doctor haga amigos tan rápido; sin duda así no se sentirá solo, porque supongo que no es casado, ¿o sí? —lo interrogó Tomás.

—Estoy encantado de conocer nuevas personas. Y no, no soy casado.

—¿De dónde viene? —preguntó Tomás cruzando los brazos.

—Nací en Sinaloa, pero estudié en la capital. Los últimos años estuve laborando en Veracruz. Y ahora me dieron una plaza acá.

—¿Y cuánto tiempo piensa quedarse aquí? ¿Viene de paso? —continuó Tomás.

—La idea es estar aquí un año. Quisiera regresar a vivir a la capital...

—Ya son muchas preguntas, ¿no te parece, Tomás? —interrumpió Rosa al ver que éste ya formulaba el siguiente cuestionamiento.

—Por mí no hay problema, Rosita —aseveró el doctor.

Tomás frunció el ceño.

—Ya tengo hambre, papá. ¿Nos vamos? —inquirió Justina.

—Hoy es el último día de la feria y ya que estuviste insistiendo en venir, pues vamos a quedarnos un rato —precisó Tomás con una sonrisa que la desconcertó un poco. Después miró a Rosa y al doctor—. ¿Por qué no nos acompañan a cenar?

—Claro, si Rosita quiere —consideró Guillermo, dirigiendo sus ojos verdes hacia ella.

—Sí, claro, vamos —respondió Rosa.

El resto de los acompañantes se reunió por fin con ellos, pero Nena e Inés se despidieron inmediatamente y se retiraron a descansar a la hacienda. Ángeles aceptó la invitación. Las niñas caminaban al frente y se dirigieron al puesto de tamales que se encontraba cerca de los juegos mecánicos. Sin preguntar a nadie, Tomás ordenó tamales de masa colada y agua de horchata.

—Son los favoritos de Rosita —presumió saber.

—Perdón, Guillermo, Ángeles, si ustedes quieren ordenar otra cosa, adelante —se disculpó Rosa.

—Yo aceptaré la sugerencia de Tomás —dijo el doctor.

—Nosotras también —declaró Ángeles.

Rosa suspiró, se sentía incómoda por la actitud de Tomás. Mientras les servían los tamales, éste continuó interrogando a Guillermo y él amablemente respondía todas sus preguntas. Sólo guardó silencio cuando llegaron los tamales y comenzó a comer. Las niñas engulleron la cena como si no se hubieran alimentado en días. Aprovechando el extraño humor de Tomás, Justina le pidió unas monedas para subirse al carrusel, él no se negó, les dio dinero a las dos niñas.

Frente al puesto de tamales había un juego de tiros, en el que el tamaño del premio dependía de cuántas figuras tiraran. Al terminar de cenar Tomás desafió a Guillermo.

—No me parece apropiado, Tomás —objetó Rosa.

—Está bien, Rosita, sí sé tirar —Guillermo aceptó complacer a su retador. Se dieron la mano para cerrar el trato. El que perdiera en los tiros pagaría la cena.

—Mira, Rosita, ¿ves ese oso gigante? —dijo el doctor señalando el premio más grande—, lo voy a ganar para ti.

Los cuatro se dirigieron al juego de tiros, a cada uno le correspondían seis. El doctor falló dos. Tomás ninguno. A Guillermo le dieron un oso de peluche pequeño que le regaló a Rosa, y una flor que le entregó a Ángeles. Cuando Tomás recibía el oso gigante, las niñas se acercaron.

—¡Papá! ¿Lo ganaste para mí? —exclamó Justina.

—Por supuesto, hija, para quién más —Tomás le dio un beso en la frente y le entregó el regalo.

—Ahora todos tienen un obsequio excepto yo —murmuró Abi encogiendo los hombros. Su reacción hizo que todos se echaran a reír, rompiendo un poco la tensión que se respiraba.

8

Los días que siguieron a la fiesta de la Virgen de la Asunción, Tomás estuvo huraño. Pasaba más de diez horas trabajando duro en el campo y evitaba cruzarse con Rosa.

Nena comenzó a preocuparse por él, no lo había visto en los últimos días y se había enterado de sus largas jornadas. Así que fue a su encuentro en los plantíos.

—¡Tomás, ya es tarde! No es hora de que andes aquí. —Lo regañó en cuanto lo tuvo enfrente. El sol comenzaba a ocultarse.

—Doña Nena, perdón, pero ¿qué hace aquí?

—Lo mismo te pregunto yo.

—Yo... yo estaba trabajando, no me di cuenta de la hora.

—Ésa es la excusa, pero cuál es la verdad.

—Ésa es la verdad, doña Nena, lamento haberla molestado.

—Más allá de molestarme, lo que sucede es que me preocupas. ¿Qué pasa?

—No lo sé.

—¿Seguro?

—Estoy seguro que no lo sé. Es como si algo me molestara y no me dejara concentrarme. La acompaño a la casa. Discúlpeme, doña Nena, no se preocupe por mí, no volverá a pasar.

—Si necesitas hablar con alguien puedes contar conmigo.

—Eso sí lo sé. Muchas gracias, doña Nena —suspiró antes de atreverse a pedir permiso para cuestionarla—. ¿Le puedo preguntar algo?

—Por supuesto, dime.

—¿Usted qué opina de Guillermo Zavala?

—Lo conozco poco, pero me parece un buen hombre. ¿Te puedo preguntar yo algo?

—Sí, dígame.

—¿Sientes algo por Rosa?

—Mucho cariño y respeto. Como a una hermana.

—¿Seguro?

—Seguro —respondió Tomás sin dudarlo.

—Entonces deja de actuar como si estuvieras celoso. Eso sí es una orden —enfatizó Nena, y se dio la vuelta—. Y gracias, no necesito que me acompañes. Ve a descansar.

Esa plática con Nena hizo que Tomás volviera a la normalidad. Y aunque él y Rosa se volvieron a hablar, de alguna manera ya nada era como antes. Esto en el fondo les importunaba a ambos.

—¡Ángeles! —exclamó Guillermo al verla del otro lado de la calle, esa mañana en que paseaba sola por la plaza principal del pueblo, cargada de bolsas.

—Buenos días, doctor —respondió y lo miró cruzar la calle con la intención de ayudarla a llevar las cosas—. No se moleste, no pesan. Sólo son unas telas que vine a comprar para hacerles los vestidos a las niñas para la fiesta del Día de la Independencia. ¿Va a venir?

—Sí, doña Nena tuvo la amabilidad de invitarme, así que ahí estaré. Y por favor, háblame de tú.

—Entonces nos vemos en unas semanas, Guillermo.

—Hasta entonces, Ángeles.

9

El último domingo de agosto, Tomás y Ángeles llevaron a las niñas a una loma que quedaba a un par de horas de distancia de la hacienda, el lugar favorito de Tomás y Justina para volar papalotes; lo descubrieron desde que ella tenía seis años, desde entonces volvían cada verano. Estacionaron la camioneta en la orilla de la carretera. El terreno estaba cercado y tenía un viejo letrero que decía: PROPIEDAD PRIVADA. En todos esos años, Tomás y Justina jamás habían visto pasar por ahí ni un alma. Saltaron la cerca, siguieron el camino que se abría entre los altos y verdes árboles hasta llegar a la loma; cientos de kilómetros de zacate verde se extendían en aquel terreno que parecía interminable, daban ganas de echarse a correr y alzar las manos al cielo para intentar tocar las esponjosas nubes blancas que parecían tan cercanas. Ángeles colocó una manta sobre el pasto y se sentó sobre ella, sacó el bordado en el que venía trabajando desde hace unas semanas. Las niñas extendieron sus papalotes multicolores de casi dos metros de largo, el viento de agosto soplaba con intensa alegría. Tomás ayudaba a Justina a elevar el papalote mientras Abi lo hacía con maestría y, aunque por un momento sintió que sus pies se despegaron unos centímetros del suelo y tuvo miedo, cerró los ojos un instante y se dejó arrastrar aferrándose al cordel para no soltar el papalote. Ángeles le gritó algo a Tomás, Abi no entendió qué, pero aquello la sacó del trance y sus pies volvieron al pasto, nadie notó que por un segundo ella había volado.

—¿Por qué no le dices? —le preguntó Abi a Justina cuando Tomás se apartó para dirigirse hacia donde estaba Ángeles.

—¿Decirle qué? —respondió Justina, fingiendo no saber de qué hablaba.

—Que sabes perfectamente cómo alzar una cometa.

—Él necesita que yo lo necesite.

—Lo imaginé —murmuró Abi, sus ojos se llenaron de nostalgia. *Pensó en su padre, y en todas las cosas que les faltaron por compartir. Sin embargo, la compañía de su nueva amiga, de Tomás y, por supuesto, de su madre la hacía sentir en familia.*

Durante un par de horas más las niñas mantuvieron las cometas en el cielo.

—¿Alguna vez has pensado en la posibilidad de volver a enamorarte? —Ángeles soltó la pregunta al aire sin apartar la mirada de la aguja que insertaba y sacaba de la manta, donde empezaba a distinguirse un nuevo pétalo de buganvilia.

Tomás tardó un momento en responder:

 "AUNQUE EL CORAZÓN QUIERE DARSE LA OPORTUNIDAD, YO SOY EL NECIO QUE NO SE LO HA PERMITIDO".

Ángeles tragó saliva. La respuesta de Tomás le caló el alma, se identificaba tanto con él, aunque no se lo hizo saber.

10

Las fiestas patrias de ese año se celebraron a lo grande en la hacienda, no faltó el tequila, el mariachi y los juegos pirotécnicos. Una mesa de cinco metros se extendía en el jardín, sobre ella todo tipo de antojitos mexicanos y jarras de aguas frutales. A pesar de la crisis, *Nena quería disfrutar como nunca aquellos días porque tenía presente que no volverían.* En la última llamada telefónica que tuvo con su hijo André, él sugirió vender la hacienda. Insistir en sostener la hacienda sólo llevaría a la quiebra a la familia. Nena aún se negaba a que ésa fuera la única alternativa.

A la fiesta llegaron los amigos de siempre, en su mayoría artistas, a Nena le gustaba rodearse de ellos, algunos hacendados vecinos que también eran parte de la resistencia; por supuesto, no faltaron los empleados de la hacienda a quienes Nena consideraba parte de su familia; y como siempre, Rosa y Tomás le ayudaron a organizar todo. Para Nena esa noche no sólo se trataba de beber tequila hasta el amanecer, las fiestas patrias representaban la libertad, eran un recordatorio de la constante lucha del pueblo, y en esos momentos necesitaba más que nunca reforzar su espíritu. Después de cenar, las niñas estuvieron jugando un rato, pero antes del grito de independencia ya se habían ido a dormir.

—Perdón por llegar tan tarde, tuve que atender una emergencia —se disculpó Guillermo con Rosa.

—La noche apenas comienza. ¿Quieres pozole? —le ofreció mientras lo acompañaba a una de las mesas. Guillermo aceptó gustoso la cena.

Nena se acercó a saludar.

—¡Qué gusto verlo por aquí, doctor! Pensé que no vendría.

—Por poco y no llego, doña Nena, pero ya estoy aquí. Gracias por la invitación.

—Gracias a usted por acompañarnos, disfrute la cena —dijo antes de retirarse a atender a otros invitados.

Tomás y Ángeles se sentaron en una mesa lejos del doctor y Rosa, pero desde donde estaban los veían perfectamente. Tomás intentaba disimular los celos que sentía, bebía un trago de tequila e inmediatamente mordía un gajo de limón. Ángeles, a pesar de no estar acostumbrada a las bebidas alcohólicas, decidió acompañarlo. El mariachi se preparaba para tocar hasta el amanecer.

Entrada la madrugada y después de unos cuantos tragos de tequila, Tomás se despidió, harto de ver a Rosa muy contenta en compañía del doctor, que no se había separado de ella para nada.

—Ya me voy a dormir. Nos vemos mañana —masculló dirigiéndose a Ángeles.

—Hasta mañana, descansa.

Cuando se encaminaba hacia su casa, Rosa lo alcanzó.

—Tomás, Justina se quedó a dormir con Abi, no está en tu casa. Ya es muy tarde, por qué no te quedas en la casa de servicio, te preparo una habitación.

—Muchas gracias, Rosa, pero mejor ve a atender al doctor.

—Tomás, no empieces.

—¿También lo vas a invitar a que se quede?

Sin pensarlo dos veces Rosa le soltó una bofetada por aquella insinuación.

—¿Cómo te atreves a hablarme así? El doctor es sólo mi amigo y si fuera algo más, no tendría por qué darte explicaciones.

—Lo siento, Rosa —quiso retractarse Tomás—. De verdad lo siento.

—Vete con cuidado, Tomás.

Rosa se dio la media vuelta, limpiando de inmediato una lágrima que se había escurrido por su mejilla, no quería que él se diera cuenta de lo mucho que le dolía su actitud. Tomás tragó saliva y se marchó cabizbajo.

Guillermo se integró en la mesa de Nena y sus amigos, hablaban de lo traicionados que se sentían por no recibir el apoyo que solicitaban al gobierno ante la inevitable caída de la agricultura y de los problemas ambientales que sufrían como consecuencia de las nuevas refinerías.

Laureano Oropeza, compadre de Nena, y gran amigo de su difunto esposo, se quejaba de haber perdido más de diez hectáreas de cultivo de cacao en la última lluvia ácida.

—¿Y quién responde por las pérdidas? —preguntó para responderse él mismo—. ¡Nadie! —se sirvió otro trago de tequila y le pidió al mariachi una canción de José Alfredo Jiménez.

—¿La vida no vale nada? —preguntó el vocalista.

—¡La vida no vale nada! —respondió Laureano.

Por su parte, Ángeles estaba sentada sola, en la misma mesa donde la dejó Tomás. Llenó otro caballito de tequila y jugó con él, girándolo de un lado a otro sobre la mesa. Pensaba en Remigio, en el amor que tuvieron y en lo mucho que extrañaba una caricia, un beso, un abrazo.

 DESEABA NO SENTIRSE TAN SOLA COMO SE SENTÍA, NI TAN CULPABLE POR DESEAR DE NUEVO EL AMOR.

Guillermo la observaba de lejos.

—Permiso, caballeros, doña Nena.

—Adelante —dijeron algunos de ellos mientras la botella de tequila se pasaba de mano en mano y seguían haciendo peticiones al mariachi.

Guillermo tocó el hombro descubierto de Ángeles, provocando que su piel se erizara.

—¿Puedo? —Guillermo señaló la silla vacía.

—Puedes —contestó Ángeles.

—¿Has visto a Rosa?

—No, tiene rato que la perdí de vista.

—¡Ay, esa Rosita! —exclamó el doctor.

—¿Qué pasa con ella?

—Invítame un tequilita y te cuento —sugirió el doctor.

—Por supuesto.

Ángeles tomó un caballito y le sirvió un trago. Al entregárselo sus manos se rozaron; él la miraba fijamente, lo cual la puso nerviosa y desvió la vista. Guillermo bebió de un trago su tequila, carraspeó, Ángeles volvió a fijar sus brillantes ojos negros en él y sus pómulos colorados resaltaban su rostro.

—Te contaré.

Ángeles cubrió sus hombros con el rebozo y se acomodó en la silla deseando que la charla fuera tan larga como el amanecer que se aproximaba. El doctor le parecía un hombre agradable y era un gusto para ella tenerlo cerca.

—Conocí a Rosita el primer día que me instalé en el consultorio, fue por una molestia en la garganta, pero eso no impidió que me platicara toda su vida en media hora.

Ángeles sonrió. Sí, ésa era la Rosa que ella conocía.

—También me confesó que estaba enamorada de alguien, pero que esa persona no le correspondía. Entonces me dije: esto está muy bueno, tengo que saber más. No es que me guste el chisme, pero hay que hacer nuevos amigos cuando se está solo en un nuevo lugar.

Los dos se carcajearon. Y cuando las risas se calmaron, Ángeles se puso seria.

—Es difícil. Entiendo que hablas de Tomás, pero, comprende, él es viudo, imaginó toda su vida con una mujer y ahora ella ya no está. *Admitir que Rosa se le ha metido en el corazón le da miedo. Él no lo dice, pero siente que sería traicionar a Joaquina.*

—¿Eso mismo sientes tú?

Ángeles eludió de nuevo la mirada, sintiéndose descubierta.

—Perdón si soy impertinente, además de chismoso. Rosa me contó un poco de ti y ahora ya te ando contando y preguntando cosas que no me corresponden.

Ella sin poderlo evitar soltó una carcajada y le resultó más fácil dirigir la mirada hacia esos ojos verdes. A partir de aquel instante sintió nacer una mariposa tras otra en su interior.

Rosa reapareció sólo para despedirse, enseguida se fue a dormir. Ángeles y el doctor se unieron a la mesa de Nena y sus amigos, ahí estuvieron compartiendo charlas serias, tristes, después alegres. El jardín se llenó de risas y música, no faltó tequila hasta que el cielo se puso de un azul bonito.

11

Durante las semanas siguientes, la amistad de Ángeles y Guillermo se hizo más cercana. Por su parte, las niñas disfrutaban de sus actividades escolares y en las tardes se sentían libres jugando en el campo. Pronto llegaría una de las festividades favoritas de Nena, aunque agridulce: el Día de Muertos.

—¡Esta fiesta se trata de celebrar la vida! —decía Nena a las niñas mientras montaban el altar de muertos en el pórtico de la casa principal.

—Voy por más flores —dijo Abigail y se dirigió a la cocina.

—Está muy triste —le comentó Justina a Nena, refiriéndose a Abi— porque es el primer año lejos de Piedras Negras y no va a visitar la tumba de su padre.

En sus ojos se notaba igual tristeza. Nena le acarició la mejilla con ternura, quería mucho a esas niñas y lamentaba que a tan corta edad las dos fueran huérfanas de uno de sus padres. Abi regresó de la cocina con más flores de cempasúchil, sonriendo para disimular su sentir. El altar estaba casi listo: con un mantel blanco cubrieron los huacales; medía cinco metros de largo y tenía tres niveles, y en el centro tenía una cruz de madera negra; estaba decorado con papel picado color amarillo y morado, veladoras de todos los tamaños, un par de rosarios, un escapulario al lado de la Virgen del Carmen, un jarrón con un racimo de albahaca, fotos de los fieles difuntos cercanos a la hacienda, la foto de don Blaz Bauer era las más distinguida; dulces de plátano, coco y camote servidos en pequeños recipientes de barro, calaveras de azúcar, tamales de gallina, cerdo y res, pan de muerto recién salido del horno; pozol, mezcal, tequila, cigarros y puros; alrededor esparcidos los pétalos de cempasúchil y semillas de cacao.

—Un vaso de agua para mitigar la sed de las ánimas —les explicó Nena al tiempo que colocaba el recipiente, y enseguida puso un salero—, sal para purificar —se agachó para tomar del suelo una rama seca y la puso junto a la foto de su esposo—, una vara de madera para que nuestros difuntos ahuyenten los malos espíritus... —por último, cogió un puño de tierra—. Porque polvo somos y a él volveremos.

Terminaron el altar a las siete de la noche, las nubes espesas se deslizaban con quietud por el cielo que se teñía de color púrpura y naranja.

—Les quiero enseñar algo —expresó Nena, haciendo que las niñas la siguieran al jardín—. Cuando Adolfo y yo nos casamos, como símbolo de nuestro amor sembramos estas dos palmeras. Curiosamente una creció más robusta que la otra; yo siempre he pensado que la más alta es mi Adolfo, miren cómo sus hojas dan sombra a la más pequeña —sonrió, y en ese instante el viento sopló quedito. La palmera más alta se meció hacia la más pequeña y con sus hojas le hizo una sutil caricia, al tiempo que una parvada de pájaros atravesaba el cielo—. Les tengo un regalo a las dos —de su mandil sacó dos esquejes de buganvilia—. *Del jardín botánico escojan las macetas que gusten, siembren éstas como símbolo del amor que le tienen a sus padres; hablen con ellas mientras las riegan, disfruten de sus flores y colores, y cuando un colibrí venga a visitarlas escuchen su mensaje: la verdadera muerte es el olvido; mientras no olviden, ellos seguirán presentes.*

12

En menos de un mes las dos buganvilias crecieron más de un metro y, tal como dijo Nena, eran visitadas con frecuencia por un colibrí. Eso hacía sentir a Abi conectada con su padre; aun así, a veces la melancolía irrumpía en su habitación y extrañaba Piedras Negras. Recordaba aquellas tardes cuando se escapaba al panteón municipal y se sentaba a un lado de la tumba de Remigio, era muy triste ver su nombre grabado en la lápida; le llevaba flores frescas y charlaba con él, imaginaba que dormía, que estaba tranquilo. Luego se quedaba en silencio como esperando una señal, pero el frío y el silencio del lugar le recordaban que él jamás iba a regresar. Abigail no se atrevió a compartir esa tristeza con su madre, no quería agobiarla ahora que la miraba con un brillo diferente.

La amistad de Ángeles y Guillermo se hizo evidente. Él solía pasar a la hacienda, con cualquier pretexto, sólo para saludarla, a veces la invitaba a tomar un café, un helado o simplemente a caminar en la plaza. En el pueblo se hablaba de un posible romance, pero en realidad estaban muy lejos de ello. Aunque ella disfrutaba de la compañía del doctor, y a pesar de esos pequeños momentos agradables, por las noches las lágrimas se deslizaban por el rostro de Ángeles hasta empapar la almohada. Ella también extrañaba a Remigio, lo extrañaba con toda el alma. Añoraba su casita en Piedras Negras, en la que vivió con su marido los momentos más importantes de su vida. Por las noches el tecolote intentaba entrar a su habitación y ella lo dejaba pasar, lo miraba confundida y le preguntaba qué quería. Llegó a cuestionarse si se estaba volviendo loca. En alguna ocasión, incluso, se animó a inquirirle al ave si él era Remigio, pero el tecolote sólo la miró fijamente, ululó y después se marchó. Frecuentemente soñaba con Remigio: a veces que caminaban tomados de la mano por lo sembradíos de cacao mientras disfrutaban del cálido sol de Tabasco; otras, que le ayudaba a empacar chocolates en la fábrica, él escuchaba atento a Ángeles hablar sobre el arte de la chocolatería; pero su sueño favorito era volverle a cocinar, lo sorprendía con la nueva comida sureña que había aprendido a hacer. *Los sueños se sentían tan reales que antes de despertar le pedía: "Vuelve mañana", y él respondía: "Sí, volveré".*

De la comadre Ernestina recibían cartas y, a la vez, ellas le respondían; eso a veces las consolaba y otras las colmaba de nostalgia. Comalcalco era una tierra entrañable, fértil, bondadosa, verde, ahí no faltaba agua, el aire soplaba como caricia tibia, esa tierra era fuego, alimento, tan fácil de amar y, aun así, tanto Ángeles como Abigail evocaban el dulce canto del desierto.

Nena percibió de inmediato la pena de sus huéspedes y las entendió porque ella misma se sentía así, especialmente en esas fechas.

El primer domingo de diciembre las invitó a desayunar muy temprano en la casa principal. Cuando madre e hija llegaron a la casa, se admiraron al ver el festín: la mesa colorida y vasta, con empanadas doradas y crujientes rellenas de chaya y queso, también había de pejelagarto y de frijol; plátanos fritos rellenos de queso crema y, en el centro, una jarra de barro con horchata de arroz muy fría; en pequeños recipientes, salsa verde, roja y lo mejor era la salsa de chile amashito asado y mezclado con cebolla morada finamente picada. De las exquisitas empanadas que preparó, Nena les contó que esa comida típica se elabora con masa de maíz, con la cual se hacen las tortillas que inmediatamente se rellenan para después freírlas en aceite muy caliente.

—Doña Nena, esto es… —Ángeles no encontró palabras para agradecer tal gesto, un gracias parecía tan pequeño.

—¡A comer, que se enfría! Nos espera un día muy agitado —exclamó Nena.

El desayuno se les fue entre una buena charla llena de anécdotas y risas.

—Preparen un par de maletas. Iremos unas semanas a Salto de Agua, Chiapas, a visitar a mi cuñada Martina. ¿Les parece bien? ¿Quieren acompañarme? —quiso saber Nena.

—Sí —respondieron las dos sin pensarlo.

—En un par de días llega mi hijo André con su esposa y mis nietas. Cada año hacemos una gran fiesta para recibirlos, y después este viaje que es importante para nosotros. Diciembre es un mes entrañable, por eso decidimos pasar algunas semanas en la tierra que vio nacer a Adolfo. Y por supuesto nos acompaña Justina.

—Estoy agradecida de que nos incluya, doña Nena —expresó Ángeles cuando se encaminaban hacia la entrada, donde Nena se detuvo.

—Mi madre me regaló este helecho hace cincuenta y dos años, el día de mi boda.

ME DIJO QUE AL AMOR HAY QUE PROCURARLO, ALIMENTARLO, DARLE AGUA, SOL, SOMBRA, PODAR LAS HOJAS MUERTAS, AHUYENTARLE LAS PLAGAS.

"No es fácil, porque el amor, así como una planta, también es un ser vivo, y como cualquiera de nosotros un día puede morir —Nena rozó con las yemas de sus dedos las hojas y con los ojos cristalinos y la voz entrecortada añadió—: De alguna manera siento que mi madre está aquí.

Abigail tomó la mano de Nena y en respuesta ella acarició su rostro.

—*La vida es así, las personas que amamos un día se van y no vuelven, pero nos quedamos con lo que nos enseñaron y con todo ese amor que nos dieron en vida.*

13

Para recibir a André colocaron una carpa en el jardín principal. Todos en la hacienda tenían una función asignada, por lo que la organización era impecable. Abigail y Justina se encargaron de hacer los arreglos de flores para las mesas, Ángeles ayudó a Nena en la cocina a preparar los tamales. Alrededor de las cinco de la tarde comenzaron a llegar los invitados, entre ellos escritores, músicos, profesores, algunos miembros de la compañía de danza folklórica de Villahermosa y los amigos de siempre, quizá unas cien personas. Esa fiesta ya era una tradición anual. En esa ocasión, Nena se puso en contacto con su querida amiga Georgina León, una cantante originaria de Puebla, famosa por su extraordinaria voz, quien gustosa aceptó la invitación para amenizar y compartir la cena.

André llegó con su familia a las seis de la tarde.

—Madre, gracias. Como siempre, una bienvenida inolvidable —se abrazaron por unos minutos, las lágrimas de alegría se desbordaron de los ojos de Nena, y sus nietas, Mariela y Margarita, se unieron al abrazo.

—Soy tan dichosa de tenerlos aquí.

—Gracias, doña Nena —dijo su nuera y le dio un cálido saludo.

Los empleados de la fábrica, como en todas las celebraciones, también fueron invitados a compartir. Rosa les prestó a Ángeles y a Abigail unos preciosos vestidos de manta bordados; las tres se recogieron el cabello en peinetas con tulipanes.

Para Nena aquella fiesta era una oportunidad para reunir completa a su familia y convivir con sus amistades más queridas.

Las gemelas y Justina se conocían desde muy pequeñas, y no fue difícil que simpatizaran con Abigail, así que jugaron todas juntas.

—¡Te toca! —gritó Mariela, poniendo la mano sobre la espalda de Abi y echándose a correr enseguida. Ahora era el turno de Abigail, que decidió ir tras Justina, pero ésta inmediatamente se desplazó hacia el árbol de pimienta que fungía como palco, la base donde los jugadores pueden permanecer unos segundos para recuperar el aliento.

—¡Rómpete palco uno…! ¡Rómpete palco dos…! —comenzó a contar Abigail. Al tres, Justina no tendría otra alternativa, salvo volver a correr.

Luego de tanto correr por los jardines, las niñas, cansadas, se fueron a dormir temprano.

Rosa y Tomás, en lugar de disfrutar la fiesta como tanto les insistía Nena, se la pasaron atendiendo a los invitados. Georgina cantó los boleros más famosos de Agustín Lara, el mariachi la acompañó para interpretar canciones de José Alfredo Jiménez y, a ritmo de la marimba, bailaron hasta el amanecer.

Guillermo, que había pasado toda la noche platicando con Ángeles, la invitó a bailar. Rosa los miraba de lejos con una sonrisa en el rostro. Tomás se acercó.

—Pensé que tú y el doctor...

—Pues pensaste mal. Guillermo y yo sólo somos amigos.

—Lo siento mucho, Rosa.

—¿Qué sientes? —Rosa lo miró de frente.

Tomás la miraba conmovido; ella hizo un gesto de negación con la cabeza. Si no había nada más que decir, lo mejor era marcharse.

El sol salía despacito, los primeros rayos caían sobre las copas de los árboles, los pájaros cantaban alegres por un nuevo día. Para Rosa la vida era bella, pero últimamente se la estaba complicando demasiado, lo mejor era dar por terminado eso que nunca empezó. Se dio la media vuelta y caminó hacia la casa de servicio. Tomás corrió hasta ponerse delante de ella para detenerla, tomó su rostro entre sus manos.

—Siento no haberlo dicho antes —dijo Tomás.

—¿Me quieres o no me quieres? —preguntó Rosa con los ojos cristalinos. No quería hacerse ilusiones.

Él la quería como a una hermana, siempre se lo hacía saber. *En cambio, el sentimiento que ella guardaba en su corazón era algo más profundo, un amor que creció sin proponérselo y durante años calló por el miedo a no ser correspondida.* Las recientes actitudes de Tomás la confundían.

—Más que eso, Rosa, te amo —contestó Tomás, y acercó su rostro al de ella—. Tengo miedo de quererte como te quiero, pero ya tuve mucho tiempo prisionero a este corazón.

Sus labios por fin se encontraron.

La calidez de la mañana caía sobre ellos, se abrazaron como desde hace tanto tiempo los dos deseaban. Rosa levantó la mirada al cielo, en una de las ramas de un árbol pudo distinguir un nido del cual se asomaba un polluelo.

En la fiesta, varias parejas seguían bailando, entre ellas Ángeles y Guillermo. Frente a ellos, en una mesa, se encontraba Nena con su hijo, su nuera y otros amigos. A pesar de que ya eran casi las nueve de la mañana, el mezcal y el tequila seguían sirviéndose como si la fiesta apenas hubiera comenzado. Entre anécdotas y carcajadas, llegó la hora del brindis. A André se le hizo un nudo en la garganta cuando todos alzaron las copas. El compadre Laureano Oropeza intervino:

—Por Adolfo, esposo, amigo, padre, pintor, agricultor; ese hombre que jamás olvidó sus raíces y siempre conservó su humildad. Por su legado. ¡Salud!

—Por mi padre —André alzó la copa sintiéndose afortunado por su ascendencia.

Los ojos de Georgina se inundaron de lágrimas ante el gesto. Nena, que sabía perfectamente que ella provenía de una familia llena de secretos, rencores y orgullo, le susurró en un abrazo:

"ALGÚN DÍA SANARÁN ESAS HERIDAS".

14

Ángeles intentaba conciliar el sueño, daba giros en la cama buscando acomodarse; cerró los ojos y, aunque trataba de no pensar, el insomnio parecía inevitable. En la cama de junto Abigail dormía serena. Sintió cierta tranquilidad, deseaba que ella gozara su infancia y tuviera una buena vida.

TENÍA MIEDO DE SER ELLA MISMA LA QUE PERTURBARA LA VIDA DE SU HIJA TOMANDO EQUIVOCADAS DECISIONES. DESEABA NO FALLARLE. NO DECEPCIONARLA.

Con estos pensamientos en la mente, cerró los ojos y se quedó dormida.

—Te estaba esperando —le dijo Remigio a Ángeles en cuanto la vio acercarse; estaban en la misma playa donde hicieron por primera vez el amor.

—Me gusta soñar contigo...

—Tal vez no es un sueño —Remigio se acercó para tomar sus manos y besarlas—. Te quiero con todo mi corazón, pero tengo algo que decirte.

Ángeles le dio un dulce beso en los labios. Se sentía tan real: la brisa cálida, el murmullo del mar, la arena caliente y su corazón que latía con fuerza.

—No te aferres a mí, ambos tenemos que seguir. Prometo visitarte de vez en cuando y cuidarte siempre desde allá arriba —Remigio señaló el cielo, después volvió a tomar entre sus manos las de Ángeles—. *Tienes que seguir, no tengas miedo de volver a enamorarte y escribir nuevos capítulos en tu historia. Aunque ya no me incluyan, nada borrará lo que fuimos. Te amaré en la eternidad.*

—Remigio... —susurró Ángeles con la tristeza escurriendo por su rostro.

Remigio se difuminó lentamente.

—Te amo, Remigio, te amo... —repitió ella.

En ese instante abrió los ojos, Abigail seguía en un sueño profundo. El viento abrió la ventana; a lo lejos se escuchaba el ulular de un tecolote. Ángeles se secó las lágrimas y volvió acostarse. Esta vez no soñó nada, se quedó dormida con la tranquilidad de quien por fin ha encontrado resignación.

15

Para llegar a Salto de Agua primero tuvieron que viajar a Villahermosa. Aunque a las gemelas no les gustaba ir en autobús, para Nena significaba mucho tomar la misma ruta que acostumbraba con Adolfo; esta vez en compañía de André, su nuera, sus nietas, Ángeles, Abigail y Justina.

La central de autobuses estaba repleta de gente, no alcanzaron lugar en el primer camión. Mientras esperaban, bebieron café con leche y comieron pan dulce. André les platicó de su última gira en Europa y los nuevos proyectos para el siguiente año. Nena no dejaba de mirarlo, tenía un gran parecido a Blaz, heredó sus ojos azules, su altura, su espeso cabello negro. Estaba orgullosa de la sencillez que lo caracterizaba y de su pasión por lo que hacía.

 HABLABA DE LA MÚSICA COMO UN CAMPESINO HABLA DE LA TIERRA.

El camión llegó a las seis de la mañana, un vehículo viejo de color blanco y amarillo, el escape producía un ruido interminable. Del retrovisor colgaba un crucifijo y un rosario de madera. El portaequipaje iba sobrecargado, por lo que el conductor les pidió que llevaran las maletas consigo. Ocuparon los primeros asientos y, en lo que intentaban acomodarse, detuvieron el abordaje, lo cual irritó a algunos pasajeros. Ángeles les ofreció disculpas, pero el abucheo fue inexcusable, las niñas se reían desenfadas por el incidente y Nena se sonrojó.

Fueron tres horas de viaje: verde por todas partes. La humedad se colaba en el aire mientras el sol alumbraba directo al parabrisas. Mariela sacó su charango para tocar una melodía; entonces un joven de piel morena y cabello rizado se paró a cantar, improvisando una canción sobre la vida en la selva tropical. Los demás pasajeros siguieron el ritmo con sus palmas y un anciano que llevaba en su morral un rondador se sumó a la compañía. Él iba con su nieta, una joven hermosa de ojos grandes, con pestañas abundantes, cabellera larga azabache y dientes blanquísimos. La chica se puso de pie, al ritmo de la música movía las caderas y sus brazos, haciendo sonar las castañuelas que llevaba en las manos y sonriendo para el joven que cantaba. Se convirtieron en quetzales danzando para cortejarse.

En medio de la algarabía el viaje se hizo corto y ameno.

16

Cuando llegaron a Salto de Agua, todos los pasajeros bajaron dejando sus agradecimientos al conductor. A Nena y a sus acompañantes los esperaba uno de los nietos de Martina.

—¡Abuela Nena! —gritó el joven de catorce años para hacerse notar entre el gentío.

—¡Nachito, qué grande estás! —exclamó Nena antes de darle un fuerte abrazo.

—Es un gusto volver a verlos —el chico se inclinó para hacer una reverencia teatral.

—¿Vienes solo? —preguntó André.

—Sí, tío, es que mi papá está enfermo. Disculpen que no haya podido venir a recibirlos, problemas de reumas.

Martina vivía en el ejido Los Milagros, a casi dos horas de distancia del pueblo. Para llegar allí se tenía que subir la colina por un camino real que se abría paso entre la selva; andar entre tierra, piedras y lodo; desenvainar el machete para cortar la maleza que obstruía el camino; estar atento a que no saliera un tigrillo o una serpiente. "A la selva se le respeta, más vale no confiarse" era el dicho de todos en la localidad, aunque la mayoría conocía de memoria la ruta. Los sentidos se despertaban al máximo conforme se adentraban en el sendero. *La selva tenía un aroma místico, colores y formas incomprensibles, texturas inimaginables, sabores desconocidos, caudales, insectos en constante movimiento tan extraños como el sentido de la vida. Se podía escuchar el río a pesar de que estaba a kilómetros de distancia, los árboles llevaban en sus ramas el eco del agua, y los saraguatos gritaban, sintiéndose invadidos.*

Al llegar a la cima del cerro las cuatro niñas bufaban de cansancio.

—Eso les pasa por venir sólo una vez al año —las regañó Nacho.

El rancho de los Sastré comprendía más de veinte hectáreas dedicadas principalmente al cultivo del maíz. Martina y su marido Cándido heredaron en vida a sus seis hijos conforme éstos se iban casando; el terreno se dividía entre las nuevas familias, pero la casa principal se distinguía entre todas, y los nietos más jóvenes preferían pasar las tardes ahí junto a su abuela. Tenía diez recámaras, dos salones, un comedor de roble para diez personas; los muros eran de piedra volcánica y tan altos que parecían los de una iglesia; ventanales con vitrales de colores, crucifijos colgados en las paredes, adornos de talavera y retratos antiquísimos de la familia. A pesar de ser una casa antigua y católica, el ambiente era jovial, la luz entraba por las ventanas y los muebles lucían como recién pulidos.

Martina y su hija Carmela, la mayor, sirvieron la comida: un caldo de gallina caliente, tortillas recién hechas y agua de naranja.

—Me da tanto gusto tenerlos de vuelta. Aquí todo ha cambiado mucho y yo me hago cada día más vieja —dijo Martina mientras tomaba asiento.

—Todo cambia, todos nos hacemos viejos, tía Martina —complementó André y se acercó para darle un beso en la frente—, pero el caldo de gallina sigue siendo excepcional.

A pesar de su sonrisa, el corazón de Martina albergaba una profunda tristeza, había visto fallecer a sus padres, a su único hermano, Adolfo, y a su esposo Cándido. Se esforzó por preservar las tierras, enseñó a sus hijos a trabajarla; sin embargo, a sus ochenta y nueve años se encontraba cansada.

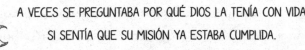

A VECES SE PREGUNTABA POR QUÉ DIOS LA TENÍA CON VIDA SI SENTÍA QUE SU MISIÓN YA ESTABA CUMPLIDA.

Tuvo tres hijos varones y tres mujeres, todos vivían en Salto de Agua; no obstante, sus nietos comenzaban a marcharse en busca de progreso y aspiraciones profesionales. Amaba a sus nietos más pequeños, aunque en ocasiones se agotaba de atenderlos.

Martina se casó con Cándido a los diecisiete años. No lo amaba, ni siquiera lo conocía. Un día cualquiera, durante el desayuno, su padre anunció que ya estaba comprometida con el hijo de un terrateniente muy importante de la región. Su madre ya la había preparado con que eso sucedería, pero no por ello dejaba de tener miedo. Todas sus primas se habían casado a esa misma edad, y en sus rostros se les notaba lo infelices que eran.

Cuando Martina tenía doce años, su madre le pidió ayuda para cortar las mandarinas de su árbol favorito. Una por una las fueron metiendo en la canasta; eran redondas, brillantes y tan grandes que no cabían en sus pequeñas manos.

—Mira, Martina, este árbol nació para dar mandarinas y aunque deseara con toda su fuerza dar naranjas, no podría. Si nació para dar mandarinas, tiene la obligación de dar mandarinas. ¿Me entiendes?

—Sí te entiendo, madre, y por lo mismo me alegro de ser mujer y no mandarina.

Ante el inevitable matrimonio arreglado, Martina exigió conocer a su prometido antes de la boda, privilegio no concedido antes para nadie de la familia. En cuanto Martina vio a Cándido por primera vez le resultó atractivo; era un joven moreno de veintiún años, de nariz perfilada; no era muy alto, de hecho, era de su misma estatura, de manos torpes (todo se le caía de éstas). A veces tartamudeaba al hablar y eso hacía que se enojara con facilidad, como si imponer su ira le hiciera ganar respeto.

Aun con sus diferencias, conforme se acercaba la boda y se conocían un poco más, entre ellos despertó una atracción genuina, y el corazón de Martina se dispuso a amar.

—¿Podemos ir a jugar al jardín? —preguntaron las gemelas después de comer.

—Vayan, pero con cuidado —ordenó la madre.

A pesar de que las gemelas vivían en la capital del país y conocían varias ciudades del mundo, Los Milagros seguía siendo su sitio predilecto, ahí andaban libres como mariposas.

—Vamos, Abi —apresuró Justina. Los otros niños las esperaban en la puerta principal.

—Yo recojo, ve a jugar —dijo Ángeles a su hija, que se disponía a levantar la mesa.

—No, no, no, ustedes son invitadas, disfruten —la regañó Carmela, y le indicó a su ama de llaves que retirara los platos de la mesa pues ya todos habían acabado.

—Vamos al salón por un tequilita —sugirió Martina.

Entrada la noche se integraron a la reunión los demás hijos de Martina junto con sus respectivos esposos y esposas; interrogaron a André sobre sus últimos viajes, el trabajo y su vida en la capital. Después de varios tragos de tequila le pidieron que tocara la guitarra. Su prima Matilde lo acompañó cantando.

Afuera los niños quemaban malvaviscos en la fogata, la nana Dorotea los acompañaba. Los más pequeños se habían ido a dormir, sólo quedaban las gemelas, Abigail, Justina, Nacho y su primo Eusebio, de diez años. Pronto iba a dar la medianoche.

—Ya es hora de dormir, niños, los llevaré a sus habitaciones.

—Nana, no, no queremos dormir aún —dijo Eusebio con disgusto.

—Ya es tarde, no querrán que les salga el cadejo negro —los regañó Dorotea, con una mano en la cadera y otra al aire. La nana era robusta, de piel morena y rostro amable, una emigrante nicaragüense que llevaba cuarenta años viviendo en México y trabajando con los Sastré.

—¿Qué es un cadejo? —preguntó Abigail.

—El cadejo negro es un ser maligno que se aparece después de medianoche para llevarse a quienes andan por ahí vagando; se supone que arremete contra las personas malas, pero, si por casualidad se encuentra con una persona buena, igualmente se la lleva —dijo Nacho e inmediatamente se levantó de su asiento y, con una postura encorvada, se dirigió a paso lento al lugar de Abi. La niña retrocedía conforme Nacho se acercaba, él poco a poco subía el volumen de su voz y exageraba sus ademanes con toda la intención de asustarla—. Su aspecto es de un perro rabioso, sus ojos son rojos y brillantes, sus huesos suenan como cascabeles al andar, su pelaje es denso y negro como la noche. Si un cadejo te encuentra te lleva y nadie sabe a dónde.

A Ignacio le pareció escuchar un rugido, y seguido de éste, otro, pero esta vez más fuerte y más cerca.

—¡Un cadejo! —advirtió Ignacio, señalando unos matorrales.

Los otros niños se levantaron despavoridos.

—¡Calma! ¡Calma! —gritó la nana—. Tómense de las manos, síganme —indicó.

—Tú tienes la culpa, Nacho, lo invocaste —reclamó Margarita.

—Yo sólo estaba jugando —balbuceó Ignacio.

Dorotea, sin previo aviso, detuvo el paso, lo que provocó que los niños chocaran entre sí, haciendo caer a Justina y a Mariela.

—¿Qué pasa, Dorotea? —preguntó Nacho.

—Corran, niños, corran —ella se quedó inmóvil con los ojos redondos, mirando fijamente a la nada.

Los niños gritaron y comenzaron a correr en dirección a una bodega. Nacho se detuvo al darse cuenta de que Dorotea se había quedado atrás; no podía ver al cadejo, pero percibía su presencia, escuchaba su jadeo intermitente. Dorotea seguía paralizada. Nacho le pidió a los otros niños que siguieran corriendo y él regresó junto a su nana. Se acercó lentamente y tomó la mano de Dorotea sacándola del trance.

—Nana —murmuró Ignacio.

Dorotea abrazó a Ignacio, juntos dieron un paso atrás. Frente a ellos los cadejos se hicieron visibles, uno era blanco y de ojos azules; el otro, negro de ojos rojos, tal como Nacho lo había descrito. Fue el negro quien atacó primero, enterrando sus colmillos en el cuello del cadejo blanco, al cual sacudió con fuerza para después aventarlo contra un árbol. Inmediatamente el cadejo blanco recuperó su postura y se abalanzó contra su enemigo.

Los otros niños seguían corriendo, pero entre más corrían más lejana les parecía la bodega.

—¡Vamos, nana! —indicó Ignacio.

Ignacio y Dorotea alcanzaron al grupo, corrían tan rápido como sus piernas lo permitían. El cadejo blanco intentaba detener al cadejo negro, pero éste se logró soltar y corrió tras sus presas.

—¡No paren! ¡No miren atrás! —exclamó Nacho.

Alguien los esperaba en la puerta de la bodega. Nacho intentaba descifrar quién era, pero su vista estaba nublada.

—¡Entren! —los alentó un anciano.

Ignacio cedió el paso para asegurarse de que todos se resguardaran. Él fue el último en entrar. Tan pronto Ignacio cruzó el umbral, el viejo cerró la puerta. El cadejo se estrelló contra ella. A Nacho se le doblaron las piernas y se desvaneció, el anciano rápidamente lo tomó entre sus brazos evitando que se golpeara la cabeza.

—¿Abuelo? —murmuró el niño antes de desmayarse por completo.

17

—Creo que necesitas unos rayitos de sol —sugirió Dorotea, y de golpe abrió la ventana de la habitación. La luz entró apremiada por caer en el rostro de Ignacio, él se cubrió con la sábana; se encontraba aturdido. Dorotea se acercó con dulzura.

—¿Cómo se siente, niño Ignacio?

—¿Dónde están los demás? —preguntó asomando sólo los ojos.

Dorotea se sentó a su lado, le descubrió por completo el rostro y le hizo una caricia en la mejilla.

—Los demás están abajo desayunando con toda la familia —comentó la nana.

—Creo que tuve pesadillas —dijo Ignacio, y se quedó pensativo—. Nana, no recuerdo cómo llegué a mi habitación. Lo último que recuerdo es que nos dijiste que ya era hora de dormir, mencionaste a los cadejos y yo se los describí a Abi para asustarla.

—Ay, niño, cómo no iba a tener pesadillas, tremendo golpe que se dio en esa cabezota, asustó a los otros niños y qué decir de su abuela y su madre —Dorotea frunció el ceño—. Después de mencionar los cadejos comenzó a perseguir a Abi, tropezó y se golpeó la cabeza con una roca, se desmayó inmediatamente, por suerte su tío Calixto estaba cerca, él me ayudo a traerlo a la casa. Su abuela y su madre estuvieron pendientes de usted toda la noche. Su tío Calixto bajó muy temprano al pueblo por el médico, que ya debe de estar por llegar. Descanse, niño Ignacio. Voy a avisarles a sus papás que ya despertó.

Por tres días Ignacio estuvo en cama. Su madre prefirió que guardara completo reposo; a pesar de las súplicas de los otros niños, se negó a que se reunieran con él. Fue hasta la fiesta guadalupana que el médico lo dio de alta.

Como cada año, los Sastré bajaron al pueblo; pasaban esos días en la casona de Salto de Agua, ubicada a unas cuadras de la plaza principal, de la cual también eran dueños y en la que vivía Gertrudis, la hija menor de Martina. El 11 de diciembre ofrecieron su tradicional rosario. Al rezo acudieron más de cincuenta personas: niños, adultos, ancianos, unidos por la misma devoción. Martina y sus hijos atendieron a los asistentes. Al terminar el rosario sirvieron atole de nuez y tamales de masa colada. Un trío de cantantes armonizaba.

Las gemelas entraron sigilosamente a la cocina y se robaron una cazuela de barro con dulce de papaya tierna y piloncillo, y se escondieron en lo más profundo del extenso jardín, bajo la sombra de un árbol de aguacate. Listas para devorar el botín fueron sorprendidas por Justina, Abigail, Eusebio e Ignacio. Este último, con todo y su rostro aún pálido, sentía que le cosquilleaban los pies de las ganas que tenía de volver a hacer travesuras.

—¿Pretendían comerse todo el dulce de oreja de mico solas? —cuestionó Ignacio.

—¡Por supuesto que no! —dijeron riendo al mismo tiempo las gemelas, y dejaron la cazuela en el suelo. Los niños se sentaron alrededor haciendo un círculo e inmediatamente disfrutaron del manjar. En cinco minutos el trasto se encontraba vacío y los dedos de todos pegajosos por el caramelo. Abi chupó cada uno de los suyos y con la lengua recorrió de punta a punta sus labios, no dejó el más mínimo rastro del dulce. Al terminar decidieron con un reto de piedra, papel o tijera quién devolvería la cazuela a la cocina y, de paso, traería una cubeta de agua para lavarse las manos. Eusebio perdió, fue el encargado de realizar la consigna. Los demás lo observaban escondidos detrás del árbol, sabían que si la tía Gertrudis los descubría, no dudaría en perseguirlos a escobazos.

Gertrudis tenía treinta y nueve años; una vez estuvo comprometida, pero el futuro marido la dejó plantada en el altar. El hombre huyó del pueblo temiendo la venganza de alguno de los Sastré; ni su familia volvió a saber de él. Desde entonces Gertrudis se volvió huraña y jamás se permitió volver a amar. El día que sucedió el incidente, Martina quiso calmar su pena:

—*El amor es como una flor, no florece igual en todos los jardines, incluso hay lugares en donde no está destinada a crecer, ya que necesita de cierto clima, de cierta tierra, y no sólo del deseo del jardinero* —le dijo mientras la tomaba de las manos—. No te aferres, hija, nadie tiene la obligación de quererte sólo porque tú lo quieres. Lo que Pancho hizo fue muy cobarde, pero te aseguro que no vale la pena guardar en tu corazón ningún rencor.

Gertrudis, aún con el vestido de novia puesto, se acurrucó a llorar en los brazos de su madre. Fue una noche larga y triste, los tecolotes ululaban, parecía que lloraban su pena. Nadie pudo revertir el dolor de la joven. Al pasar los años su corazón se volvió tan agrio como un limón verde, de esos chiquitos, llenos de semillas y sin jugo, de esos que nadie elige para limonada. Ante tal amargura, en su rostro se dibujaron unas pronunciadas arrugas y su pelo se volvió gris como la ceniza. Los niños le tenían miedo, la llamaban bruja, las vecinas la consideraban loca, pero Martina no perdía la esperanza de verla sonreír de nuevo.

Cansada de atender la cocina para el rezo, Gertrudis tomaba una siesta sentada en una silla con la cabeza colgando hacia atrás, roncando estruendosamente, cuando Eusebio entró de puntillas y dejó la cazuela en el fregadero; al girarse para salir no se dio cuenta de que el gato de la tía Gertrudis rondaba por ahí, le aplastó la cola y el minino dio un chillido que despertó a la vieja.

—¿Qué haces en mi cocina? —inquirió la tía con el ceño fruncido. Dirigió la mirada al fregadero y vio la olla de barro vacía—. ¡Escuincle del demonio! —exclamó al darse cuenta de que sus famosos dulces habían sido hurtados; porque si algo no perdió nunca la tía fue su sazón, todo lo que cocinaba era una auténtica delicia.

Gertrudis se paró de un salto, tomó la escoba que estaba a un lado, Eusebio corrió despavorido y la tía tras él.

—¡Me atrapó! ¡Me atrapó! —gritaba Eusebio mientras se dirigía hacia los demás.

—¡Vengan, por acá! —ordenó Ignacio.

Se adentraron al jardín y treparon por un árbol de mango, cuyas ramas más largas llegaban hasta la barda que rodeaba la casona. Eusebio los alcanzó y, justo cuando la tía casi lo cogía de una pierna, Ignacio lo levantó de un brazo. Desde abajo, la tía echó maldiciones, los niños se rieron y caminaron por la rama que crujía amenazando con quebrarse. Justina fue la primera en llegar a la barda y saltar al otro lado, los demás la siguieron. Por un momento Abi tuvo miedo de que alguno se rompiera una pierna, pero la tierra húmeda los recibió y amortiguó el golpe. La tía Gertrudis regresó a la casa dispuesta a acusar a los malhechores.

18

Los niños caminaron atraídos por los colores, la música y los hilos de algodón de azúcar que flotaban en el aire. Llegaron a una feria instalada cerca de la plaza principal, con varios juegos mecánicos y puestos de comida, ninguno llevaba ni un centavo en el bolsillo. Se sentaron en una banca a debatir sobre volver a la casa y, mientras se preguntaban si ya se le habría bajado el coraje a la tía Gertrudis, las carcajadas de un hombre llamaron su atención. Era de complexión robusta, con una larga y espesa barba gris cubriéndole casi todo el rostro. Estaba sentado en una de las mesas de la terraza del restaurante frente a ellos, acompañado de su esposa. Los meseros se esmeraban en atenderlos, no dejaban de llevar comida y bebidas.

—Debemos volver —concluyó Abi.

En ese instante el hombre de barba gris dejó de reír y les dirigió la mirada. Eusebio le sonrió y, con un ademán, el señor les indicó que se acercaran. Los niños se miraron entre sí y aceptaron acercarse al restaurante.

—¿Qué pasó muchachos, por qué tan tristes, ahí todos arrumbados en la banca? ¡Vayan a la feria, diviértanse, suban a los juegos, coman golosinas! —exclamó aquel señor.

—No tenemos dinero, ya nos vamos a casa —dijo Mariela.

—¿Pero ya se subieron a los juegos?

—No, aún no, mañana volveremos... —respondió Nacho.

—¿Cuál mañana? ¡Hoy!

 SE PUEDEN POSPONER MUCHAS COSAS EN LA VIDA, LA FELICIDAD NO ES UNA DE ELLAS.

"Además, la feria ya se va mañana —dijo mirando a la señora que estaba a su lado.

—No traemos ni un quinto —recalcó Ignacio.

—Que el dinero no es problema, yo los invito —indicó el hombre.

—¿Y como por qué o qué nos va a invitar usted? —preguntó recelosa Justina.

—Pues porque se me da la gana. Yo soy el dueño de todo lo que ven sus ojos —dijo señalando la feria.

—¿El dueño de todo? —Eusebio miró alrededor y se emocionó, pensó que sería fabuloso ser dueño de toda la feria del pueblo, así podría comer dulces todo el día y subirse a los juegos una y otra vez... Sin duda, cuando él fuese grande también tendría su propia feria.

—Sólo tengo una condición —advirtió—: todos, todos tienen que subirse a cada uno de los juegos; si alguno se echa para atrás, se acaba el trato y entonces tendrán que recoger el excremento de los ponis como paga de los juegos a los que se hayan subido.

Los niños pidieron permiso para discutirlo en privado. Mariela miró los juegos más altos y sintió cómo se le revolvía el estómago, no estaba segura de querer subirse a todos los juegos.

—Yo no quiero.

—Mariela, por favor, yo sí —dijo Margarita pelando los dientes y juntando las manos a modo de súplica.

—No sé —dudó mirando a Abi y Justina.

—¡Nosotras sí queremos! —exclamaron.

—¿Y tú, Eusebio? —interrogó Ignacio.

—¡Claro! ¡Claro! —gritó saltando como chapulín.

—Bueno, lo haremos, todos los juegos, todos... — balbuceó Mariela, en el fondo no muy convencida.

En cuanto los niños se acercaron nuevamente para aceptar la invitación, el extravagante Genaro Pimentel y su esposa Consuelo, como después supieron que se llamaba cada uno, se levantaron de su mesa para acompañar a los niños a los juegos y ver que cumplieran lo prometido. Genaro estaba seguro de que a los niños les atemorizaría subirse al gran martillo, la principal atracción de la feria, y acabarían limpiando la mierda de los ponis.

Lo primero que hicieron fue subir a los carritos chocones, los niños se divirtieron en ese juego, y también Genaro, que no dejaba de reírse con la expresión que ponían las gemelas cada vez que Eusebio chocaba con ellas su carrito. Al bajar de los carritos chocones, corrieron inmediatamente al carrusel, luego a las tazas voladoras y al gusanito; este último se deslizaba tan lento que aburrió a todos. Genaro y Consuelo les invitaron churros, algodones de azúcar, y compitieron con ellos en el juego de dardos, donde ella parecía una experta (nadie pudo ganarle). Recorrieron todos los juegos y al final de la feria estaban las dos atracciones principales: una rueda de la fortuna de quince metros de altura y el gran martillo, un poco más alto. Primero subieron a la noria. Las gemelas fueron las primeras en abordar, ambas en la misma cabina; a Mariela le dio miedo la altura del juego, pero Margarita la tranquilizó. Después subieron Justina y Eusebio, los dos se mostraban entusiasmados. Por su parte, Abigail intentaba disimular sus nervios, era la primera vez que se subía a una rueda de la fortuna; ella y Nacho compartieron la última cabina. La rueda comenzó a ascender lentamente mientras Genaro y Consuelo desde abajo los despedían sonrientes. Estando en la cima, Abigail cerró los ojos y empuñó las manos aferrándose al asiento, Nacho la tomó de la mano, lo cual la reconfortó de inmediato.

—Todo está bien, no te puedes perder esta extraordinaria vista.

La noche había llegado despacio acompañada de un aire frío. Lentamente Abigail abrió los ojos olvidándose de sus temores; la rueda se detuvo unos segundos y ellos en la cima contemplaban el cielo estrellado. Miró a los ojos a Ignacio, él no soltaba su mano.

—No me olvides, Abi —susurró Ignacio.

Y en ese momento las mariposas que dormían en el estómago de Abigail despertaron, causándole cosquillas con sus aleteos. Quiso disimular su asombro ante ese nuevo sentimiento, de modo que desvió la mirada, balbuceó cualquier cosa y, para su fortuna, la rueda comenzó a descender. Nacho, por su parte, tomó con sosiego el asunto de las mariposas, porque él también las había sentido.

Cuando la rueda se detuvo para que los niños bajaran, Mariela estaba toda colorada de las mejillas y con sus dos manos tocó su corazón acelerado.

—¡Odio las alturas! —chilló Mariela. Margarita de inmediato la abrazó.

—Tranquila, tranquila, ya estamos abajo.

—Y la pregunta del millón es —alardeó Genaro señalando la más importante atracción—: ¿limpiarán mierda de ponis o se subirán al gran martillo?

Todos miraron a Mariela que se encogió en hombros, bufó y se tapó la cara con las manos.

—No quiero.

—¡Mariela! ¡Ya habías dicho que sí!

—No quiero —lloriqueó una vez más.

—Limpiarán mierda —se burló Genaro.

Mariela buscó la banca más cercana para sentarse, los demás niños la siguieron; se cruzaron de brazos frente a ella sin quitarle la mirada de encima, aquellos segundos ninguno pestañeó.

—¡Está bien, está bien! —gritó Mariela. Los otros niños dieron saltos de gusto.

—¡Martillo! ¡Martillo! ¡Martillo! —gritaban eufóricos.

El martillo era un juego de casi dieciocho metros de altura, con dos góndolas que pendían de unos brazos giratorios, una giraba en el sentido del reloj y la otra a la inversa, con dieciséis lugares cada una y, ante su popularidad, ninguno de ellos quedó vacío. Los niños se fueron subiendo de par en par, repitiendo el orden del juego anterior.

El encargado les dio las indicaciones, colocó los arneses y de un golpe bajó la barra protectora.

—Me quiero bajar —dijo de pronto Mariela.

—Demasiado tarde, pequeña —sonrío el empleado con malicia.

—Es sólo un juego, relájate —pidió Margarita, pero por dentro la angustia también comenzaba a apoderarse de ella.

Las góndolas comenzaron a balancearse lentamente una frente a la otra hasta tomar el impulso adecuado. Todos iban en silencio, aterrados, esperando que llegara el momento en que las góndolas dieran el giro completo, dos balanceos más, otro y otro; justo en el sexto, las góndolas giraron completamente y los gritos estallaron haciendo que todos los de abajo no les quitaran la vista de encima.

—¡Mamááá! —gritaba una y otra vez Mariela.

Tres vueltas sin parar. Desde allí arriba podían ver a Genaro, más divertido que nunca, soltando carcajadas sin perder el aliento.

—¡Mamááá! —volvía a gritar Mariela.

Eusebio y Justina entre gritos y risas abrían y cerraban los ojos. Margarita durante todo el paseo tuvo los ojos cerrados y se aferraba al arnés en silencio. Nacho y Abigail no se soltaron las manos durante todo el trayecto. Cuando pensaban que ya el juego había terminado, pues disminuyó la velocidad, se sorprendieron ante la última vuelta que los dejó arriba y de cabeza por unos minutos. Todos estaban en silencio, a excepción de Mariela que no dejaba de vociferar. Por fin las góndolas se estacionaron para que los niños pudieran descender. Al tocar el suelo, Mariela corrió al primer bote de basura que encontró y vomitó todo lo que llevaba dentro. Consuelo se acercó para agarrarle el cabello y le prestó un pañuelo para limpiarse la cara. *Ahí, Mariela se prometió en silencio que jamás volvería a hacer algo que no quisiera sólo por agradar a otros. Esa experiencia no le había gustado y no estaba dispuesta a repetirla.*

Genaro les ofreció subirse otra vez a todos los juegos, bajo la misma condición, pero los niños se negaron; el gran martillo los había dejado totalmente atarantados.

—Muchas gracias por todo —dijo Abigail mientras se despedían de la pareja de viajeros.

A pesar de todo, la tarde en la feria les había resultado divertida.

—Gracias a ustedes —Consuelo los abrazó con ternura.

—Espero algún día volverlos a encontrar —se despidió Eusebio con una distinguida formalidad y extendió su mano para estrechar la de Genaro.

—Y si no es así, pues nos queda el gusto de por lo menos una vez en la vida habernos encontrado —concluyó Pimentel.

19

Al llegar a casa, los niños esperaban ser reprendidos por haber desaparecido toda la tarde; sin embargo, la tía Gertrudis no los había acusado. Por el contrario, planeaba una venganza que de sólo pensarla se le dibujó en el rostro una mueca maliciosa. Únicamente su gato sabía lo que tramaba.

En la casa entraba y salía tanta gente que casi nadie notó la ausencia de los niños. Abigail se dirigió al baño cuando chocó con su madre.

—¿Dónde estabas, Abigail? No te había visto en horas —Ángeles la jaló del brazo.

—Fuimos a la feria un rato, ma. —Abigail se soltó de ella.

—¿Qué? ¿Con el permiso de quién?

—¡Mamá! Estamos de vacaciones, eres puro regañarme; además voy al baño.

—No te me desaparezcas así, ya habíamos quedado —susurró Ángeles con el semblante serio.

—Disculpe, señora Ángeles, le llegó un telegrama —interrumpió Dorotea.

—¿Para mí?

—Sí, para usted —Dorotea le entregó el sobre y se dio la media vuelta.

Sin disimular, Abigail se puso de puntillas con la intención de alcanzar a leer el mensaje.

—¿Quién es? —preguntó con curiosidad.

—¿No que ibas al baño? ¡Córrele, que ya nos vamos a ir a misa! —ordenó Ángeles.

Protestando por ser excluida, Abigail caminó al sanitario. Su madre guardó en la bolsa el telegrama y no lo abrió hasta la siguiente mañana. Mientras todos dormían, preparó café y se sentó a beberlo en el pórtico de la casa. Abrió despacio el sobre con cuidado de no romperlo, le invadía una emoción especial. Aunque bien el telegrama podía ser de Rosa, esperaba que fuera de Guillermo; al ver la nota sonrió.

Extrañándote una inmensidad.
Disfruten y vuelvan bien.
Rosa y Tomás están más enamorados que nunca.
Abrazos,

Guillermo

Ángeles se mordió los labios, ella también llevaba a Guillermo en sus pensamientos y deseaba verlo pronto; sin embargo, Nena le había dicho la noche anterior que se quedarían hasta Año Nuevo. Leyó dos veces el telegrama con una enorme sonrisa dibujada en el rostro, de pronto sintió que alguien se aproximaba y lo guardó de inmediato en su abrigo; era Abi. La niña envolvió a su madre en un abrazo por la espalda.

—¿Lo extrañas?

Ángeles no pudo articular una palabra. Abrió la boca pero no dijo nada.

—Hablo de papá —Abigail soltó el abrazo y buscó los ojos de su madre.

—¡Claro, claro que lo extraño! —exclamó Ángeles y se levantó para abrazarla, esta vez con más calidez y fuerza.

Tragó saliva, no estaba segura de estar lista para lo que iba a decir; no obstante, sabía que era el momento de decirlo.

—Lo amé, lo amo, lo extraño y siempre estará en mi corazón, aunque hay que entender que él se ha ido. ¿Lo comprendes, Abi?

—¿Qué cosas dices, mamá? —los ojos de Abigail se llenaron de rabia y seguidamente corrió a la calle sin detenerse.

—¡Abigail! —gritó Ángeles e intentó ir detrás, pero la niña rápidamente se perdió de su vista.

Ángeles volvió a casa; pensó que el único que podría saber a dónde había ido era Ignacio. Él ya estaba despierto, se encontraba sentado en un rincón de la sala comiendo una torta, aún ataviado con su ropa de dormir.

—Perdón, Ignacio —se acercó—, ¿sabes a dónde pu... pudo haber ido Abi a es... esta hora? —preguntó en voz baja y tartamudeando un poco por la desesperación, no quería que nadie más se enterara que ella y Abigail se habían peleado.

—¿Señora, está bien? —Ignacio le cedió su asiento y dejó su torta en un mueble.

—No, no estoy bien. Abi se enojó por algo que comenté, se fue corriendo. No sé dónde buscarla, no conozco este lugar, y ella tampoco.

—Sólo se me ocurre ir a buscarla a la feria, es el único lugar donde hemos estado.

—Llévame.

—Claro, vamos.

Llegaron en menos de veinte minutos al lugar que un día antes había sido toda alegría. Ahora era un terreno desolado con un montón de basura por doquier, sin rastro de la algarabía. Los Pimentel se habían ido, ya no había juegos, ni algodones de azúcar.

—Espérame aquí —indicó Ángeles a Ignacio.

Él asintió con la cabeza.

Abigail estaba de espaldas a ellos, en medio del baldío, vestía su bata rosa de dormir, temblaba de frío, sus lágrimas se escurrían con la misma lentitud con la que el sol salía esa mañana. Ángeles se quitó su abrigo para arroparla.

—Se fue, mamá, se fue, se fue para siempre.

—Estoy aquí, hija, estoy contigo. Y tu papá también aquí siempre estará —dijo Ángeles señalando el corazón de Abi.

Y EL DOLOR, COMO UN HILO DORADO, LAS UNIÓ EN UN ABRAZO.

20

Los siguientes días Abigail estuvo más tranquila, disfrutando la compañía de sus nuevos amigos. *A veces Ángeles la observaba desde lejos, le reconfortaba cada vez que la veía reír desenfadada.*

En Salto de Agua las posadas se celebraban a lo grande. Nueve días de fiestas; según la tradición, cada una representaba: humildad, fortaleza, desapego, caridad, confianza, justicia, pureza, alegría y generosidad. Nueve familias del pueblo ofrecían su casa para celebrar un día de posada. La tercera posada se celebraría en casa de los Sastré. Los preparativos tenían a todos corriendo por la casa como lagartijas sin cabeza; por su parte, los niños preparaban la rama para salir a pedir aguinaldo antes de la posada. Abigail, que nunca había participado en una tradición como ésa, era la más entusiasmada, le parecía curioso el hecho de arreglar una rama seca con globos y escarcha, con la cual pasearían por el pueblo tocando las puertas vecinas para pedir aguinaldo:

Naranjas y limas, limas y limones,
más linda es la Virgen que todas las flores.

Las primeras dos noches de la rama juntaron muchas mandarinas, dulces y varias monedas. Iban cantando por las calles:

Ya se va la rama muy agradecida
porque en esta casa
fue bien recibida.

Pero cuando la puerta de una casa no se abría entonaban:

Ya se va la rama muy desconsolada
porque en esta casa
no le dieron nada.

Dorotea seguía atareada con los preparativos para recibir a los invitados y les dijo a los niños que esa noche no podía acompañarlos a pedir la rama. Gertrudis, al ver la luna nueva en el cielo, supo que era el momento ideal para llevar a cabo su venganza; como ella ya había terminado sus labores, se ofreció a acompañar a los niños, para sorpresa de éstos. Los niños, sin sospechar sus planes, aceptaron, pues no los dejarían salir de nuevo sin la compañía de un adulto.

Tan pronto salieron de la casa, Gertrudis les dijo que conocía a un amable anciano que disfrutaría de los villancicos.

—Pero no sé si quieran ir, está algo lejos de aquí; sin embargo, ya no necesitaríamos visitar más casas, ya que Tatateto es muy generoso con las propinas, regresaríamos directo a la posada.

Se miraron entre ellos y, sin pensarlo mucho, uno a uno asintió con la cabeza.

—Pues vamos —dijo Nacho.

—Vamos —repitieron los demás.

Y de sólo imaginar lo que les esperaba, Gertrudis sonrió de oreja a oreja.

—Te ves bonita, tía, cuando sonríes —comentó Eusebio.

El cumplido del niño desconcertó a Gertrudis, que balbuceó algo y se aclaró la garganta para, de inmediato, indicarles que apresuraran el paso. Se alejaron un kilómetro de las calles principales del pueblo hasta llegar a la carretera. Tomaron el primer camino real para adentrase en la selva; Gertrudis iba adelante guiándolos.

Abigail llevaba en lo alto la rama procurando no golpearla con los árboles del camino. Nacho iba atento, nunca había ido por esos rumbos. Ya casi eran las siete de la noche, comenzaba a oscurecer.

—¿Tía, falta mucho? —preguntó Margarita.

—No, ya llegamos —Gertrudis señaló una choza que se distinguía a lo lejos alumbrada por un foco de luz amarilla que colgaba en la entrada.

Fingió que le picaban los mosquitos para que los niños la rebasaran. Mientras los niños caminaban más rápido para llegar a la puerta, la vieja continuó hasta que de pronto detuvo por completo el paso. Gertrudis se quedó como estatua de marfil sonriendo maléficamente: a su mente llegó el vívido recuerdo del día que conoció a Tatateto.

Todos en el pueblo conocían a Tatateto, pero nadie sabía dónde vivía. Se le veía salir de la selva muy de vez en cuando; bajaba al pueblo sólo cuando era necesario. En el mercado hacía trueque de pescados por víveres y enseres, trataba de surtirse lo mejor posible para no regresar en mucho tiempo. Hablaba con poca gente. Una vez una señora que hacía ropa le preguntó su nombre.

—Adalberto —respondió de mala gana mientras la hija pequeña de la costurera le sonreía y corría a abrazarlo.

—Tatateto —dijo la niña en su intento de repetir el nombre. El anciano se quitó a la niña de encima para devolverla con su madre.

A los tres meses, el anciano regresó a solicitar los servicios de la costurera y la niña lo volvió a abrazar gritando de alegría al verlo.

—¡Tatateto, Tatateto!

Desde entonces todos comenzaron a llamarlo así. Sobre él se inventaban un sinfín de historias, algunos decían que había nacido viejo. Nadie sabía a ciencia cierta su edad, si tenía familia, o quiénes fueron sus padres; todos murmuraban cuando lo veían pasar, nadie se atrevía a preguntarle. A los niños los asustaban diciéndoles que si se portaban mal se los llevaría Tatateto. Una vez, unos jóvenes intentaron seguirlo, pero sólo consiguieron perderse; regresaron a los tres días pálidos y en harapos, sin poder explicar qué les había pasado. A pesar de eso, algunos lo respetaban, ya que era un hombre tranquilo que no buscaba problemas; otros decían que era el guardián de la selva.

Una noche, Gertrudis y sus hermanos regresaban del riachuelo, y como ya estaba muy oscuro decidieron cortar camino por un sendero. Ahí encontraron la choza del viejo, alumbrada sólo por el foco amarillo; en el patio trasero Tatateto hacía una danza que culminó con una lluvia torrencial. Los niños salieron corriendo, asegurando que era un brujo. Decidieron no contarle a nadie, pero, curiosos, regresaron todos los días por varias semanas consecutivas. Estaban seguros de que aquél era el lugar exacto donde lo habían visto, pero la choza ya no estaba; daban vueltas en círculos sin encontrar explicación lógica. A punto de darse por vencidos una noche de luna nueva, volvieron a encontrar la choza del anciano. Apenas se preparaba para su ritual cuando se dio cuenta de la presencia de los hermanos Sastré; refunfuñando, le indicó a sus aluxes que cobraran vida mientras los tocaba con una rama larga que llevaba en la mano. Los cuatro hombrecitos de barro de un metro de estatura tomaron vida al mismo tiempo, moviendo su enorme cabeza redonda de un lado a otro y hablando en un idioma incomprensible para los niños; sólo un taparrabos los cubría y su cabello corto tenía la forma de un casquito. Los niños salieron corriendo, Gertrudis fue la única atrapada; un alux la sujetó de los pies y la tumbó en el suelo, se montó sobre ella y le jaló los cabellos. Alejandro, el mayor de los Sastré, le indicó a sus otros hermanos que siguieran corriendo hasta llegar a la carretera. Él regresó a auxiliar a su hermana; agarró con fuerza a la extraña criatura y la aventó contra un árbol, levantó a Gertrudis, que perdió los zapatos, y corrieron sin mirar atrás hasta llegar con sus otros hermanos. Los pies de Gertrudis se encontraban ensangrentados cuando llegaron a la carretera. En el cielo no brillaba ni una sola estrella, sólo se alcanzaba a percibir la luna nueva. Una lluvia repentina cayó sobre ellos. Alejandro abrió los brazos.

—*Esta lluvia es una bendición para la cosecha* —dijo. En ese momento Alejandro dedujo que Tatateto salía a hacer esa danza sólo en luna nueva—. No hay que decirle a nadie lo que hemos descubierto de Tatateto; estoy seguro de que no es una mala persona, pero no le gusta la compañía.

Desde esa noche no se volvió a ver a Tatateto por el pueblo. Hubo quien aseguró que había muerto; sin embargo, cada luna nueva el agua caía a cantaros.

Nacho tocó la puerta de la choza, las estatuas de barro en la entrada le provocaron escalofríos. La puerta se abrió sola; se asomaron, no había nadie. Gertrudis los observaba desde lejos. Los aluxes comenzaron a mover sus cabezas de un lado a otro; las gemelas al notarlo gritaron. Nacho agarró una piedra y se la aventó a uno en la cabeza, la piedra se partió en dos. Cuando éstos cobraron vida por completo, los niños corrieron despavoridos en dirección a Gertrudis. Uno de los aluxes pescó a Eusebio por lo pies y, mientras lo arrastraba hacia la vivienda, el niño iba poniéndose rígido. En sus pensamientos ordenaba a sus piernas moverse, pero ellas no respondían. Una extraña sensación le recorría el cuerpo, se estaba convirtiendo en barro. El resto de los niños regresaron a ayudarlo, pero los otros aluxes impedían que se acercaran. El alux que tenía a Eusebio amenazaba con aventarlo al chultún, una cavidad en medio del suelo que hacía de cisterna. Eusebio alcanzaba a ver su reflejo en el agua y temía la desconocida profundidad. Nacho y las niñas les aventaban piedras y palos.

La tía Gertrudis permanecía sin acercarse.

—¡Ayúdame, tía, ayúdame! —gritó Eusebio.

Gertrudis, arrepentida por haberlos llevado ahí, se apresuró a ir por el niño. Con toda su fuerza se impulsó con el fin de darle un empujón al alux para apartarlo de Eusebio. Al soltarse del alux, de inmediato volvieron a su forma natural las partes de su cuerpo que se habían convertido en barro. Cuando Gertrudis intentaba incorporarse, dio un mal paso y de espaldas fue a caer en el interior del chultún. Eusebio inmediatamente se asomó al hueco.

—¿Tía, se encuentra bien?

—Sí, Eusebio, estoy bien. Estoy bien —respondió aturdida mientras se levantaba y recorría su cuerpo con las manos para asegurarse de que seguía en una pieza.

El alux que Gertrudis aventó le dijo algo a los otros y dejaron de pelear con los niños; se formaron en la entrada de la choza y de nuevo fueron estatuas de barro. Los seis niños asomaron sus cabezas en el aljibe, donde el agua le llegaba a Gertrudis a la cintura.

—Menos mal que esto no está profundo —dijo Gertrudis.

—Me salvó, tía —dijo agradecido Eusebio.

—La vamos a sacar de ahí —se apuró a decir Nacho.

—¿Ustedes están bien? —quiso saber Gertrudis.

—Esas cosas se calmaron, volvieron a convertirse en barro.

—Menos mal.

—Buscaré algo con que sacarla, ahora vuelvo —comentó Nacho. Él y Abi entraron a la choza. Aunque no había nadie, parecía que alguien la habitaba. En un armario encontraron una soga.

La poca luz que entraba en el aljibe permitió que Gertrudis viera su reflejo en el agua. Arriba, los niños la miraban en silencio mientras ella se tocaba el rostro observándose en el reflejo. *Ya no se sentía como la vieja agria que durante años vio frente a los espejos y que tanto odiaba. Aunque las arrugas y el pelo blanco seguían presentes, algo dentro de ella había cambiado. Su corazón se iluminaba.*

Nacho y Abi regresaron y le aventaron la soga a Gertrudis; ella la amarró a su cintura y entre los seis niños jalaron la cuerda para que la tía pudiera escalar las paredes del chultún. Una vez afuera, Gertrudis abrió sus brazos y los seis niños la abrazaron. La lluvia comenzó a caer.

—Lamento haberlos traído aquí. Es hora de volver a casa.

—Todos estamos bien —afirmó Eusebio, y tomó la mano de su tía.

Seguros de que nadie les creería lo que había sucedido decidieron guardar el suceso como un secreto entre ellos. Gertrudis les contó a los niños de Tatateto y lo que ella sabía de él. Los niños llegaron a la conclusión de que el anciano sí existía, podían sentir su presencia, y aquella lluvia les parecía una prueba.

21

En Nochebuena montaron en el jardín una larga mesa con man-
teles blancos, repleta de ollas de barro con todo tipo de guisos,
jarras de cristal con agua de frutas y canastas con pan recién
horneado. Martina se sentó en una de las cabeceras desde donde
observaba a su alrededor. Los niños corrían de un lado a otro
con las luces de bengala. Esa noche disfrutó de aquella cálida
compañía y, sobre todo, de la alegría de ver sonreír de nuevo a
su hija Gertrudis.

—Gracias por venir, sólo tú me faltabas —dijo Martina al
sentir la presencia de su esposo Cándido.

—Ya nos toca ser felices —susurró él, tomándole la mano
y acercándose para darle un beso. Martina cerró los ojos, una
sonrisa se delineó en su rostro. La blancura de su vestido la hacía
parecer un ángel.

Nacho agitaba unas bengalas al cielo cuando giró y le pareció ver a su abuelo sentado junto a Martina. Antes de pestañear,
Cándido le dedicó un saludo para después desaparecer de su
vista.

Los seis hijos de Martina se acercaron al cuerpo dormido…
el llanto fue inevitable. Ella se había ido. *Sólo una dicha quedaba:
los abuelos ya estaban de nuevo juntos.*

22

Durante los siguientes días, los adultos se dedicaron a los asuntos del velorio y el entierro. Un aire salado y tibio recorría la casa. Nena, a pesar de su característica fortaleza, se sintió abatida. Martina no sólo había sido su cuñada, fue su confidente, amiga y hermana. *La pena por el deceso comenzó a disminuir cuando las anécdotas sobre la abuela y las risas invadieron el lugar, reconfortando el alma de quienes tanto la amaron en vida.*

Los hijos de Martina decidieron no cancelar la cena de Año Nuevo que ésta y sus hijas habían planeado. Les pidieron a sus invitados que se quedaran a celebrar. Esa noche toda la familia subió a la casa de Los Milagros.

Después de la generosa cena, todos se reunieron en el patio para hacer el clásico conteo.

—Nueve, ocho, siete, seis, cinco, cuatro, tres, dos, uno, ¡feliz Año Nuevo! —gritaron al mismo tiempo.

Los juegos pirotécnicos estallaban sus colores en el cielo. Los niños aventaron serpentinas y confeti. Uno a uno se abrazaron e intercambiaron buenos deseos.

André se acercó a abrazar a su madre.

—Te amo, madre, quiero pedirte perdón.

—¿Por qué?

—Sé cuánto amas la hacienda, pero no puedo prometerte que cuidaré tu legado como lo mereces. Me duele decepcionarte.

—No me decepcionas, hijo, admiro que tengas tus propios sueños, y jamás te pediría que te hagas cargo de los míos.

Aunque las palabras de Nena eran sinceras, a André se le hacía un nudo en la garganta.

—Está bien, hijo. Todo tiene su momento, y el mío en Tunkuluchú ya terminó —concluyó Nena acariciando el rostro de su hijo.

Los niños jugaban a las escondidas al otro lado del patio. Abigail estaba escondida en una bodega que usaban para almacenar maíz; cuando escuchó la puerta abrirse pensó que Mariela, que traía el juego, la había descubierto, pero para su fortuna no era ella, sino Nacho, que también buscaba un rincón para esconderse. Con señas Abigail le indicó que se escondiera donde estaba ella, detrás de una pila de mazorcas. La puerta se volvió a abrir; Mariela se asomó y Nacho se acercó más a Abigail para que aquélla no descubriera su sombra, por lo que quedaron frente a frente. Mariela al no escuchar ruidos se retiró; sin embargo, Nacho y Abigail no hicieron nada por alejarse uno del otro. Con nerviosismo, Nacho dio un paso más hacia Abigail y, sin pensarlo mucho, la besó; ella correspondió con dulzura. Se separaron sonrojados. Nacho la tomó de la mano.

—Ahora que te vayas todo lo que me rodea me recordará que existes. Ya te quedas en mi corazón.

—Yo también te llevo en el mío, Ignacio —dijo Abigail, y volvió a besarlo.

La puerta se abrió.

—¡Ya sé que están ahí! ¡Atrapados! —gritó Mariela, que sólo veía sus sombras proyectadas en la pared.

Sobresaltados salieron del escondite.

—¡Gané! ¡Ya los encontré a todos! —exclamó feliz Mariela.

El padre de Nacho llamó a todos los niños para quemar al año viejo, un muñeco hecho con costales y relleno de cohetes. Se dirigieron a donde los adultos.

Abigail y Nacho no se separaron en toda la noche, no dejaban de mirarse con la ternura de un amor recién nacido.

El primero de enero Gertrudis hizo caldo de res con verduras. Los adultos elogiaban la comida, los niños le hicieron caras, ellos hubiesen preferido variedad de antojitos. Justina le dijo al oído a Margarita que en la mesa había tostadas de pollo invisibles y de manera teatral hacía como que agarraba las tostadas y las comía. Margarita le contó al oído a Mariela, y Mariela a Eusebio, que estaba a su lado, y así fueron corriendo la voz. Después todos los niños comían las tostadas invisibles para apaciguar su disgusto con el menú del día.

Por la tarde bajaron al pueblo, en la casa de Salto de Agua se llevó a cabo el octavo rezo de la abuela Martina. El lugar estaba lleno de gente que la quiso mucho. Nacho se acomodó al lado de Abigail y mientras la tía Carmela rezaba el rosario, procurando que nadie los viera, le tomó por unos instantes la mano. El adiós se aproximaba, la mañana siguiente ella regresaría a Comalcalco.

AUNQUE LOS DOS DESEABAN QUE NO LLEGARA ESE MOMENTO, SABÍAN MUY BIEN QUE EN LA VIDA HAY COSAS QUE NO PUEDEN DETENERSE: LA MUERTE, LAS DESPEDIDAS Y LOS SUAVES SONETOS DE INVIERNO.

Nuevos días

Trópico, para qué me diste las manos llenas de color.
Todo lo que yo toque se llenará de sol.

CARLOS PELLICER CÁMARA

En el camino de regreso todos iban en silencio, las niñas se durmieron un rato. Nena miraba el paisaje que dejaban atrás con la certeza de que lo mejor siempre está por venir. André, que iba a su lado observándola, se volvió para sonreírle y entrelazaron sus manos. "El tiempo es una espiral que, mientras nos arrastra y aleja de ciertas cosas, nos acerca a otras; el ardiente sol de verano no dura para siempre, los árboles lo saben y, en el crujir de las horas de otoño, dejan caer sus hojas, jamás rendidos, sino listos para vestir nuevos días", pensó Nena.

LO QUE PARA ALGUNOS ES UN FINAL, PARA OTROS ES UN COMIENZO.

El corazón de Ángeles parecía un caballo galopando libre en las montañas; por la ventana del autobús veía cómo el futuro se acercaba con sus frondosos árboles verdes. Sí, sí, sí, admitiría que estaba enamorada de Guillermo y que quería comenzar a su lado nuevos soles.

Llegaron a la hacienda con el mediodía en los hombros. Rosa y Tomás los recibieron entusiasmados. Una comida generosa les esperaba en la casa principal. Se sentaron a compartir; la tarde entró por las ventanas y las anécdotas parecían no tener fin. Tanto había pasado en esos días; sin embargo, en la hacienda todo se miraba igual. Las niñas se quedaron en la sala mirando el televisor mientras los adultos hacían un recorrido por el plantío. Tomás y Rosa hacían una excelente mancuerna como líderes, se notaba cuánto amaban la hacienda.

Al siguiente día, los abogados se presentaron muy temprano para reunirse con Nena; André y su esposa la acompañaron. Nadie más sabía el motivo de la visita de los abogados, lo cual comenzó a intrigar a todos. Se esparció el rumor de que los patrones habían decidido vender la hacienda.

Al terminar su reunión, Nena convocó a todos los empleados a una junta.

André fue el primero en tomar la palabra.

—Sé que me fui desde muy joven, pero quiero decirles que a donde quiera que voy añoro esta tierra. Me fui a cumplir mis propios sueños alejándome de los deseos de mi familia, y me siento afortunado por la libertad y el apoyo que mis padres siempre me dieron. A pesar de ello, quiero disculparme no sólo con mi madre, sino también con ustedes, por no haberme quedado y por no poder quedarme. Sin embargo, al volver cada año aquí, me doy cuenta de que no hago falta. Esta tierra no es mía, ni de mis hijas, es sólo de ustedes —la voz se le quebró a André.

Los empleados le aplaudieron.

Con los ojos convertidos en mares, Nena comenzó su discurso.

—*Amo esta tierra porque me enseñaron a amarla; porque mis pies y mis alas aquí pertenecen; porque aquí crecí en cuerpo y alma; porque la he visto dolerse y salir avante; porque esa ceiba es mi padre; porque ese helecho es mi madre; porque esa palmera es mi Adolfo; porque me dio a mi único hijo; porque me dio a todos ustedes que son mi familia; porque sabe a chocolate; porque ha sido bondadosa conmigo.* Pero ha llegado el momento de jubilarme, disfrutar mis días con mis nietas, con mi hijo y mi nuera. Ustedes saben que financieramente la hacienda tiene una situación difícil, no los dejaremos solos, les daremos las herramientas necesarias para que puedan prosperar. Les entrego esta tierra porque es tan suya como lo fue de Blaz Bauer, mi padre.

Los empleados comenzaron a mirarse entre sí.

—Estamos seguros de que mis abuelos y mi padre así lo hubiesen querido. Tunkuluchú no puede estar en mejores manos —concluyó André.

Algunos campesinos lloraron de la emoción. Nena les cedía la tierra a todos por igual. Se acercaron a la familia para expresar su gratitud y desearles bendiciones.

En medio de tanta dicha, Tomás aprovechó para hablar con Justina y anunciarle su noviazgo con Rosa. Al contrario de lo que imaginó, la niña no se sorprendió con la noticia.

—Ya te habías tardado, papá, yo no sé cómo es que Rosa te esperó tanto tiempo.

Aquel comentario le sacó una sonrisa a Tomás, que la abrazó enseguida.

—Te amo, hija, siempre serás lo más importante para mí.

—Yo también te amo, papá, y si tú eres feliz, yo también lo soy.

Las siguientes semanas se fueron en trámites para entregar legalmente la hacienda. Con el apoyo de profesionales que contrató Nena, se creó el colectivo Cacao y Tunkuluchú.

Ángeles y Guillermo iniciaron su noviazgo, aunque las lenguas de algunas señoras indiscretas aseguraban que ya andaban desde hace mucho tiempo. Eso, en un principio, hacía sentir incómoda a Abigail, pero el doctor no le caía mal, le parecía un buen hombre, y su madre se veía tan contenta que pronto aceptó que ella tuviera otra oportunidad de amar.

Ese verano la hacienda se llenó de fiesta: Tomás y Rosa se casaron. Durante el resto del año 1984, Nena y André visitaron la hacienda con frecuencia. Hubo muchos retos; a pesar de que los números no eran favorecedores, la gente seguía trabajando con entusiasmo. Y con el viento de la primavera de 1985 llegó el primer éxito: el chocolate del colectivo Cacao y Tunkuluchú recibió el reconocimiento de ser uno de los mejores del mundo. A finales de ese año, crearon un proyecto de agroturismo que impulsó a la región.

Algunos dicen que en Tabasco comenzó la historia de México, el trópico donde floreció la madre de todas las culturas, y el colectivo quería compartir eso con el mundo.

Nuestros días

Uno vuelve siempre a los viejos
sitios donde amó la vida.
Y entonces comprende cómo están
de ausentes las cosas queridas.

Armando Tejada Gómez

Habían pasado casi tres años desde que Ángeles y Abigail se mudaron a Ciudad de México. Cuando a Guillermo lo transfirieron, Ángeles no dudó en aceptar la propuesta de ir con él. Un año después de llegar a la ciudad, tuvieron un hijo al que llamaron Miguel. Abigail pronto cumpliría dieciocho años y quería estudiar Filosofía y Letras.

Justina, por su parte, quería estudiar Ingeniería Ambiental en la capital, emocionada por vivir en la misma ciudad que su querida amiga. Las adolescentes mantenían contacto por medio de cartas, aunque en esos años que pasaron no se habían vuelto a ver en persona.

A pesar de las tristes circunstancias que las llevaban de nuevo a Comalcalco, tanto Ángeles como Abigail se sentían dichosas por reencontrarse con sus queridos amigos.

En la terminal de autobuses las recibieron Justina, Tomás, Rosa, y su pequeño hijo Marcial, que tenía casi la misma edad que Miguel.

Las dos jóvenes se abrazaron con el amor de hermanas que las unía.

—Guillermo les envía condolencias. Por cuestiones de trabajo no puede acompañarnos —se disculpó Ángeles.

—Entiendo, Ángeles —dijo Rosa y tomó de las manos a su amiga.

—¿Cómo está André? —preguntó Ángeles.

—Con el corazón roto. Se levanta temprano a recorrer la hacienda; lo he visto llorar en la madrugada abrazado a la ceiba, lo hace así, antes que salga el sol, para que nadie lo vea. Durante el día intenta sonreír. Es fuerte, y tiene a su esposa y a sus hijas acompañándolo en este gran dolor —comentó Tomás compartiendo la pena.

—André desde que llegó preguntó por ustedes, sabe lo mucho que las quería doña Nena. Le hará muy feliz verlas —afirmó Rosa.

Tomás se ofreció a ayudar a Ángeles con el equipaje y las dirigió a su camioneta. En el camino hacia la hacienda, por un rato Ángeles llevó en sus brazos a Marcial, y Rosa llevaba a Miguel, hasta que los niños lloraron para regresar cada uno con su respectiva madre. Por su parte, Abigail y Justina iban en la batea de la camioneta platicando con la naturalidad de dos hermanas que nunca se han dejado de ver.

Al llegar a la hacienda, ya estaban reunidos familiares y amigos de Nena. Todo se volvió abrazos, saludos, reconocer rostros, reencuentros de viejos amigos, elogios sobre lo grandes que ahora estaban los que años atrás eran sólo chiquillos. *Y en medio de tanta gente y tantas voces, las miradas de Ignacio y Abigail se*

130

encontraron, se aproximaron uno al otro y se unieron en un abrazo tan largo como las noches de invierno.

Afuera caía una ligera llovizna. Todos salieron de la casa refugiados bajo paraguas y se dirigieron al jardín. André esparció las cenizas de su madre alrededor de la ceiba. Un tecolote se posó sobre una de las ramas y con su canto melancólico la convirtió en poema.

Aquellos días de Sue Zurita
se terminó de imprimir en septiembre de 2023
en los talleres de
Litográfica Ingramex, S.A. de C.V.
Centeno 162-1, Col. Granjas Esmeralda, C.P. 09810
Ciudad de México.